ティアラ文庫

囚われ姫
元帥閣下は人質王女を溺愛する

舞　姫美

プランタン出版

-Contents-

※本作品の内容はすべてフィクションです。

第一章　囚われの王女

アルティナ王国王城の中には、畑がある。とはいえ、農耕を主とする自国に広がる畑に比べれば規模はあまりに小さく、家庭菜園程度のものだ。

そこには、アルティナ王国において、食料として他国に輸出している作物が育てられている。同じものをここで育てて不作の予兆はないか、効率的な作業の方法はないかなどを知ったり調べたりするための実験の場となっているのだ。

リーゼロッテはつばの広い農作業用の帽子を被り、使用人たちとともに野菜の成長具合を確認する。

汚れてもいい飾り気のないエプロンドレスと、農作業用手袋を着けている。甘い色合いのウェーブがかったストロベリーブロンドはただ一つに束ねるだけではどうしてもふわふわと広がってしまうので、背中に一本の三つ編みで纏（まと）めていた。

一見するととても王女とは思えない格好だが、アルティナ王国王城ではごく日常的な光景だった。

リーゼロッテは、帽子のつばが落とす影を受けてもなお透明度の高い見事なエメラルドグリーンの瞳を、満足げに細めた。

手袋の指先で愛おしげに撫でるのは、瑞々しく濃い緑色のエンドウ豆だ。中に入っている豆の大きさを示すかのように莢は張りがあり、太い。

「とても美味しそうに育ってくれているわ……！」

「そうですね。今年も豊作だと思います」

今この場にいるのは、リーゼロッテ付きの使用人たちだ。歳も近い者が多く、主従関係というよりはどこか友人という雰囲気が強い。それはリーゼロッテが基本的に皆に平等で、身分にこだわらない一面を持っているからだ。

「収穫祭は盛大にやりましょうね！」

「はい！　収穫祭には今年もまた、元帥閣下をお招きされるのですよね？」

突然予想していなかったことを確認されて、リーゼロッテは真っ赤になって動きを止めてしまう。使用人たちはそんな王女の初々しく可愛らしい仕草に、微笑ましげな顔を向けた。

ヴェルニテローゲ帝国元帥ギルベルト・フラウエンロープ侯爵と友人同士のやり取りを始めてから、もう三年になる。

ヴェルニテローゲ帝国は、このアクス大陸の半分を占める大国だ。帝国とルモア国に挟まれたアルティナ王国は両国の交易路上に位置し、建国当初から両国に狙われ続けていた。時代によって属国になる国が変わる歴史を持つ。

だが数代前に皇帝の弟侯爵がアルティナ王国王女と恋に落ち結ばれたことから、帝国の同盟国となり、自治を認められた。同時にルモア国に対する軍事的な護衛も提供された。

アルティナ王国は帝国を良き隣人として敬っている。帝国もこちらを一国としてきちんと礼儀を守って遇してくれており、両国は今代でも友好関係を保っていた。

同盟国であるため、主要な祭典には互いに参加するのが必定（ひつじょう）となっている。昨年は収穫祭の来賓としてギルベルトが来国し、リーゼロッテが祭りの慣習などを教えつつ、観光にも連れていった。

ギルベルトは兄のエドガルとも友好を深めていて、歳も近いためか公務の合間に色々と交流をしているらしい。エドガルにはリーゼロッテとは違う種類の砕けた様子を見せている。

本来ならば兄のエドガルの役目であるのに、なぜか微笑とともに「接待は任せた！」と言われたのだ。

リーゼロッテのもてなしに、ギルベルトは終始楽しげで、嬉しそうだった。収穫祭では護衛が少し離れてくれたので、民たちに交じって円舞に加わったりもした。

それはリーゼロッテの中でも、とても楽しく大切な思い出となっている。

ギルベルトは女性が苦手らしいが、自分に対してはそうではないことも、彼に特別扱いされているように思えて嬉しい。

(お美しい方や華やかな方に気後れしてしまうらしいけれど……)

ギルベルトの容姿を思い返すと、とてもそんなふうには見えないから不思議だ。リーゼロッテは一番最近に会った彼の姿を思い浮かべる。

濃い金髪は前髪が少し長めで、毛先に癖がある。後ろはさっぱりと短く整えられた髪型で、清潔さを感じさせた。

切れ長の瞳は濃茶色で、黙っていると元帥閣下と呼ばれるにふさわしい鋭さと厳しさがあった。だが馴染みの者には屈託のなさと年相応の豊かな感情を見せ、一気に親しみやすくなる。

リーゼロッテに対しても常に王女として、一人の女性として、誠実に丁寧に接してくれる優しさがあった。

精悍な頬と整った鼻筋、かたちのいい薄い唇、自分よりも頭一つ分高い長身は鍛えられているために均整が取れていて、しなやかな鋼を連想させる。

ギルベルトは大抵、黒を基調とした立て襟に肩章が着いた裾が長めの上着と同色のパンツという、元帥用の礼服を纏っている。袖口と襟に銀糸の縁取りが施され、胸元に勲章ブローチがいくつも着けられていた。

軍帽と白手袋も加わると、ストイックな雰囲気がさらに強くなり、何度も見惚れてしまう。

ギルベルトと非常に健全な友人関係を築いていく中で、リーゼロッテは密かに彼への恋心を抱いていた。王女という立場上、気軽にその気持ちを口にすることはできないが、ギルベルトと会える時間は恋心を満たしてくれる貴重なものとなっていた。

住んでいる国が違うだけでなく、ギルベルトは帝国の軍事的責任者だ。立場上、気軽に他国へ観光などできるわけもなく、アルティナ王国に来るのも外交の任務が多いため、実際に会って過ごす機会は思った以上に少ない。

だがギルベルトは仕事の合間をぬって、今では個人的にリーゼロッテに手紙を送ってくれるようになった。

時節の挨拶、あるいは日々の他愛もないこと――ときには視察先から土産物などを送ってくれる。リーゼロッテの誕生日には、使用人が両腕に抱えきれないほどのピンク色の薔薇の花束が届けられたこともあった。

そんなふうに離れていても心の交流は保ち続けていて、誰かにギルベルトとの関係をどのようなものなのかと問われれば、「大切な友人です」と答えるくらいはいいだろうと思えるようにはなっている。

リーゼロッテに今のところ政略結婚の必要性はない。両親が流行り病で死亡したために若くして王位を継いだエドガルは、「好きな男と結婚しろ」と豪快に言ってくれていた。

だがギルベルトの方は、リーゼロッテのように気楽ではないだろう。

彼はこの大陸で一番の大国であるヴェルニテローゲ帝国元帥なのだ。小国王女の自分とは、釣り合わない。

自分が想いを告げることで、ギルベルトの迷惑になりたくはない。彼の性格では、断るのにとても悩んでしまうに違いない。

だから、臆病者だと自覚しながらも、今のままでいいと思ってしまうのだ。

（そうよ。今のままでいいの）

リーゼロッテは顔を赤くしてしまったことを誤魔化すように、小さく咳払いをした。

「ギルベルトさまは同盟国の元帥閣下、ご招待するのは当たり前です。変なことを言っては駄目よ。ギルベルトさまのご迷惑になるわ」

その言葉に使用人たちは顔を見合わせ、軽く肩を竦めた。可愛い妹でも見守るような微笑ましい瞳を向けられ、リーゼロッテはなんとなく居心地の悪さを覚えてしまう。

何でもない顔をして再びエンドウ豆を収穫しようとしたとき、背後から声が掛けられた。

「リーゼロッテさま、こちらにいらっしゃいましたか。お探ししました」

呼び声に少しうんざりとした気持ちになりながらも、リーゼロッテは立ち上がる。立場上、強く拒むことはできない厄介な存在だった。

アルティナ王国宰相のマルクスだ。

前国王の傍近くに長年仕えて経験を積んできたことから、両親亡きあと、宰相となり現国王エドガルを補佐している。リーゼロッテよりも二回りほど歳上で、何かと理由をつけて自分と接触を持とうとするところが苦手だった。

まだリーゼロッテに婚約者がいないことを理由に、パーティーなどではエスコートを必ず申し込んでくる。特に用もないのに挨拶に来たり、贈り物を持ってきたりもする。

マルクスが自分との婚姻を望んでいるのだろうということは、嫌でもわかった。

（マルクス・グライリ……王国内の高位貴族たちと王族の結束を強めるためには、彼を夫とするべきなのかしら……？）

兄は即位してからずっと、王としてこの国を支え導くべく努力し続けてきた。おかげで、民の人気は高い。

貴族たちの多くが兄を王として敬っているが、若い国王の存在を内心面白く思わない者や、懐柔して利用してやろうと考える者が少なからず存在することを、リーゼロッテは理解している。だからこそ、エドガルは自分の伴侶となる者を慎重に選んでまだ未婚なのだ。

政略結婚の必要はない、自由に相手を選べばいいと言ってくれる兄の優しさはとても嬉しいが、王女として、その価値が必要とされたときには民のために差し出す覚悟はある。兄がマルクスに嫁げと言ったのならば、それに従う。

(でもまだ……ギルベルトさまを想っていてもいいわよね……?)

リーゼロッテは社交辞令の笑みを浮かべた。マルクスに変な期待を抱かせる愛想はふりまかない。

「マルクス、どうかしたの?」

「ああ……またそのような作業をされて……! 王女が自ら土に汚れるなど、聞いたことがありませんよ」

マルクスが嘆くように言う。リーゼロッテは内心で嘆息した。

こういうところも、彼を好きになれない部分だ。

彼の身に着けている服は上等な生地と流行を取り入れたデザインだ。大粒の宝石が何粒も埋め込まれている幅広の腕輪を着けていて、マルクスが手を動かすたびに陽光を弾いている。

マルクスは飾りも兼ねて胸ポケットに差し入れていたハンカチを取ると、気づかないうちに頬に付いていた泥を拭おうとしてくる。

リーゼロッテはそれを柔らかく断り、自分のハンカチで拭った。マルクスが舌打ちしたかのように顔を顰める。

「見て、マルクス。とても美味しそうなエンドウ豆よ。今年も気候は例年通り落ち着いているし、よほどのことがない限り食料難になることはないわ」

「政は陛下がされることとです。リーゼロッテさまが考えるべきは、ご自分の夫を誰にするかということ……。陛下はリーゼロッテさまの思うままにと仰っていますが、リーゼロッテさまご自身もそろそろお考えになってくださいませ」

「助言をありがとう、マルクス。でも今はお兄さまのお手伝いをするのが楽しいの。お兄さまもそれでいいと言ってくださるし」

「そのようなお考えではいけません。リーゼロッテさまはお年頃です。婚期を逃したりなどしたら……！」

「それで？　用は何かしら？」

これ以上マルクスと話すつもりはないと、リーゼロッテは先を促す。マルクスは仕方なく言った。

「陛下がお呼びです」

「そうだったの。ありがとう、すぐに行くわ」

「その前にお着替えを。せっかく美しいお姿をしておりますのに……」

マルクスが無念そうに呟く声は、聞かない。リーゼロッテは使用人たちを連れ、あとを付いてこようとするマルクスを置いてけぼりにして兄のもとへと向かった。

着替えることはせず、リーゼロッテは執務室にいるエドガルのもとを訪れる。

書類の決裁をしていたようで、執務机の上には書類箱がいくつか置かれていた。机の周りを取り囲むように数人の側付きが控えていて、決裁印を押した書類を受け取ったり、新しい書類を渡したり、箱を片付けたりと、何かと忙しそうだった。

「ああ、リーゼロッテ。来たな」

自分と同じ色合いをしたストロベリーブロンドの前髪を小さく揺らして、エドガルが立ち上がる。側付きたちは一礼し、執務室から出て行った。

「ごめんなさい、お兄さまがお呼びだとマルクスから聞いたから……ずいぶんお忙しいようだけれど、何かあったの……？」

妹の不安を和らげるために、エドガルはリーゼロッテを手招く。そちらに近づくと、ふわりと抱き締められた。

「心配を掛けてすまないな。だが大丈夫だ。早くこの案件を片付けるよ」

リーゼロッテは安心できる温もりに身を委ね、その胸に頬を擦り寄せた。エドガルはリーゼロッテの頭頂に軽くくちづけ、髪に頬を埋めた。

「……リーゼロッテ」

耳に唇を近づけ、エドガルは危うく聞き取れなくなりそうなほどの小さな声で呼びかける。まるで誰かを——何かを警戒しているかのようだった。

切迫した響きをそこに感じ取り、聞き漏らすまいと抱きつく腕に力を込める。

「もし何かあったときには、フラウエンロープ侯爵殿を頼りなさい」

なぜ急にギルベルトの名が出てくるのだろう。何かが起こって頼るべき者が必要だったとしても、どうして身内ではなく——他国元帥の彼を頼れと言うのだろうか。

兄の意図が読み切れず、困惑と戸惑いの表情を向ける。だがエドガルはそれ以上説明するつもりはないらしく、優しい微笑を浮かべたままで、妹の身体を離した。

「いいね？」

疑問を投げられる雰囲気ではなく、リーゼロッテは頷くことしかできなかった。


——今夜はなぜか眠気がなかなか訪れず、リーゼロッテは茶を淹れてもらおうかとベッドから降りた。サイドテーブルにある置き時計を見ると、夜の警備をしている者以外は皆、眠っている時間だった。

（何かしら……何か、胸騒ぎが……）

胸の奥にざわざわとした不快な感覚がある。思わず夜着の胸元を握りしめたとき、城中の警鐘が鳴らされた。

「……何……っ!?」

警備の訓練のときくらいにしか聞いたことのない音が、城から国全体へ広がっていく。

窓辺に走り寄り、外を見る。城や寝静まっていた城下町に、次々と明かりが灯り始めた。

同時に、遠くから城下町の門に近づいてくる大量の光を確認する。

（軍隊――!?　旗印は!?）

リーゼロッテは目を凝らす。先頭の騎馬隊がひときわ明るく松明を掲げ、周囲を威圧するかのようだ。いや、実際にはそれを意図しているのだろう。

そのおかげで、旗印を認めることができた。リーゼロッテは大きく目を見開く。

黒地に金糸の縁取り、中心に刻んだ十字の上で、吠える獅子の口から一本の剣が吐き出されている紋章だ。それはヴェルニテローゲ帝国の旗印だった。

なぜ同盟国であるはずの帝国が、侵攻してくるのか。

リーゼロッテの心に、ギルベルトの優しい笑顔がよぎる。軍を率いているのは元帥であるギルベルトの可能性が高い。

（ギルベルトさまに直接お話を伺ってみないと……！）

冷静さを欠いているがゆえ、あり得ない方法を考えていた。リーゼロッテは部屋の扉を開け放った。

蜂の巣をつついたかのような喧噪が、城内のあちこちで生まれ始めている。リーゼロッテのところにも、使用人たちが廊下の奥から駆けつけてきた。

その先頭を走っているのは、マルクスだ。なぜ城に常駐しているわけでもないマルクスが、こんなにも早くやってくるのか。

「リーゼロッテさま！　ご無事ですか!?」

疑問を抱いている場合ではない。リーゼロッテは強く頷き、そちらへ走り寄る。

「私は大丈夫。お兄さまは!?」

「申し訳ございません、陛下の状況は私の方ではまだ……ですが、陛下の周囲は一番守りが厚いのできっとご無事です。リーゼロッテさまもすぐに脱出しましょう！」

マルクスがリーゼロッテの腕を摑んで歩き出す。エドガルの状況がとても気になるが、今は確かにマルクスの言う通りだった。

アルティナ王国を継ぐ存在が自分たち兄妹しかいないのだから、万が一のためにリーゼロッテも無事でなければならない。

まずはこの場を切り抜けて、エドガルと合流しなければ。

対策が早く立てられればそれだけ犠牲となる民は少なくなる。今は逃げることしかできない悔しさに、リーゼロッテは唇をきつく噛みしめた。

「リーゼロッテさま、こちらを……」

部屋からストールを取ってきた使用人の中で自分付きの侍女ヒルデが、リーゼロッテに羽織らせてくれる。寝間着姿を見られていることに今更ながら気づいたが、それを恥ずかしがっている余裕はない。

リーゼロッテはマルクスたちに守られながら、城の脱出通路を使う。

有事の際、使うために作られている通路だ。歴代の王族たちも使用したかもしれないが、リーゼロッテが使うのは初めてだった。教えられていた通路は王族しか知らず、今度はリーゼロッテが先頭に立った。

ともすれば恐怖と不安に取り乱しそうになるヒルデたちは、青ざめ、表情が強張(こわば)っている。それでも全力で自分を守ろうとしてくれていた。

通路は城の地下を通り、迷路のような分岐点をいくつも越えて、城の裏手にある森の中心へ辿り着くようになっている。森の管理人小屋の床に出口が作られており、そこに続く階段を昇るときは、マルクスが先に立った。

小屋の中に人の気配は感じられず、リーゼロッテたちは少しだけ安堵(あんど)の息を吐く。

「今のうちに……」

マルクスが言った直後、窓の外に明かりが生まれた。次々と松明の火が増えて、あっという間に十個程度になる。

マルクスが蒼白になった。

「どうしてここがわかったんだ……!?」

リーゼロッテを守るように、ヒルデたちが周囲を取り囲んだ。彼女たちの心意気はとても嬉しいが、自分のために危険な目に遭わせるわけにはいかない。

ここは自分とマルクスが出て行くべきだ。

リーゼロッテは恐怖で震えそうになる足にぐっと力を込めて、マルクスを見やった。

「窓から様子を見て。外にいるのは多分帝国兵士だと思うから、慎重に……」

「い、いや、それは……しかし……」

リーゼロッテの頼みに、マルクスは即応しない。窓辺に近づいたらすぐに命を取られるとでも思っているのか、額に脂汗が滲んでいる。

明かりを確認するまではマルクスが何かと先導していたというのに、何という情けなさだ。

リーゼロッテは内心で嘆息しつつ、使用人たちをかき分けて進み出る。ヒルデが、慌ててリーゼロッテを止めようとした。

「いけません、リーゼロッテさま。危険です」

「ここに閉じこもっていてもどうにもならないわ。だったら交渉に出ましょう。……帝国兵士ならば、王族の身柄を確保することが優先されると思うから」

もしかしたら、乱暴されるような危機が来るかもしれない。それでもここでじっとしているよりは、状況が好転する機会もあるだろう。

わずかな可能性に縋りつき、かすかに震える身体を悟らせないようにしながら、リーゼロッテはゆっくりと扉を開けて外に出た。

リーゼロッテに何かするのならば許さないとでも言うように、ヒルデたちが左右と背中を取り囲んだ。マルクスは、部屋から動く様子がない。

松明を持っていたのは、騎馬兵だった。旗頭と同じヴェルニテローゲ帝国の紋が刻まれた白銀の胸当てを着け、佩剣(はいけん)している。侵攻してきたにしては装備は比較的軽装だ。

兵士たちが口を開くよりも早く、リーゼロッテは名乗った。

「私はリーゼロッテ・アルティナ、この国の王女です。私の身柄を預けますので、私をここまで逃がしてくれた彼女たちには、何もしないでいただけませんか」

「……リーゼロッテさま……！」

それでは交渉ではなく人身御供ではないかと、ヒルデが慌てて止めようとする。無言でこちらを見返すだけの兵士たちの背後から、新たな人物が姿を見せた。

松明に照らされた馬上の青年は、濃い金髪と濃茶色の瞳を持つ精悍な顔立ちをしたギルベルトだ。銀糸の縁取りと黒色で統一された元帥の礼服を纏った凛とした姿を認め、リーゼロッテは何とも言えない悲しい気持ちに思わず泣きそうになった。

「……ギルベルト、さま……」

どうして王族だけしか知らないはずの脱出場所を知っていたのかはわからないが、これでもう絶対に逃げることなどできない。

ギルベルトは馬上からリーゼロッテを静かに見返していたが――その表情はどこか苦しげだった。この侵攻がギルベルトにとって本意ではないと、思いたい。

リーゼロッテは滲みそうになる涙を堪え、ギルベルトに言った。

「私の身柄をどのようにされても構いません。ですが、彼女たちは私への忠義のために、ここまで一緒について来てくれただけなのです。どうか彼女たちには何も……」

「……私の役目はあなたを帝国に連れていくことだ。不要な血を流すことは、好まない」

（ああ、やはりギルベルトさまだわ……）

元帥という立場にありながら、不要な血を望むことを一切しない。それを甘いと苦言する者もいるようだったが、皇帝が彼のその心根を否定しない以上、譲るつもりがないとギルベルトは言っていた。

「ありがとうございます、ギルベルトさま」

礼を言うと、ギルベルトの眉根がさらにきつく寄せられた。極力感情を押し殺した声でギルベルトは言う。

「では、リーゼロッテ姫。こちらへ」

「リーゼロッテさま……！」

使用人たちに向き直り、リーゼロッテは安心させるように微笑みかける。

「私は大丈夫よ」

「ですが……!!」

ついに耐えきれなくなったヒルデたちが、リーゼロッテの身体に縋る。リーゼロッテは使用人たち一人一人を優しく抱き締め返したあと、室内で青ざめたまま一歩も動かないマルクスへと視線を投げた。

「マルクス、ヒルデたちをお願いするわ」

マルクスからの返事はない。こちらを見返すことすらしない男に幻滅しながらも、ギルベルトの方へと歩み寄る。

兵士たちは手出しせず、ただ静かに見守るだけだ。統率が取れているのも、ギルベルトの手腕だろう。

次に自分は何をすればいいのだろうか。捕虜になるなど初めてで、わからない。するとギルベルトがリーゼロッテの腕を掴んだ。

強い力で引き上げられ、あっという間にギルベルトの前に横向きに座らされる。銀の胸ボタンが頬に触れるほど近くに逞しい身体があり、リーゼロッテは狼狽えた。てっきり捕

虜として歩かされると思ったのだ。

ギルベルトは手綱を操る両腕でリーゼロッテを包み込むと、兵士たちに言う。

「半分は残れ。姫のお望み通り、彼女たちには何もするな。ひとまずは王城に連れていけ」

そして上着を脱ぐと肩に掛けてくれる。ギルベルトの温もりを感じ、ドキリとした。

「まさか寝間着姿だとは思わなかった……」

女性としての尊厳を守ってくれる行動に驚いて顔を上げれば、ギルベルトの端整な顔がもう少しでくちづけも可能なほど近くにある。目元が少し赤くなっていて、目が合うとどこか焦ったように視線を逸らし、軽く咳払いをした。

表情はすぐに改まり、元帥としての厳しく少し苦しげなものになるが、向けられる態度はいつも通りのギルベルトだ。リーゼロッテは戸惑う。

（私……捕虜、よね……？）

「馬車が用意してあるのは、進軍している部隊の中だ。すまないが、そこまでは我慢して欲しい」

ギルベルトが拍車を蹴って馬を走らせる。リーゼロッテの身体が馬上で揺れ動くことにすぐに気づき、左手を手綱から離して抱き締めてくれる。気を遣ってくれていることがわかり、リーゼロッテはますます戸惑った。

（どういうことなの。王国に急襲してきたのに、私を……まだ王女として尊重してくれて……）

現状が心と思考を麻痺させていくようだ。

リーゼロッテは思わずギルベルトの胸元に縋りつく。ギルベルトの左腕に力が籠もった。力強さと温かさが、兄の言葉を思い出させた。

（そういえば、お兄さまが……何かあったときにはギルベルトさまを頼れと……ギルベルトさまは、私の味方、なの……？）

こんなふうに尊重してくれるということは、そうなのかもしれない。リーゼロッテの心が一瞬だけ緩む。

そのせいで緊張の糸が切れてしまい、あっという間に意識が遠のき始めた。

「……姫？」

ギルベルトがリーゼロッテの異変に気づき、呼びかけてくれる。応えようと思っても、それができない。

どうして変わらずに優しくしてくれるのだろうか――。

（ギルベルトさまは……私の味方、ですか……？）

脱出してくるはずのリーゼロッテを運ぶための馬車は、王都内に進軍することなく最後尾に残っていた部隊に守られていた。ギルベルトが到着すると、馬車の護衛を兼ねている兵士たちが一気に取り囲む。

緊張が緩んで意識を失ってしまったリーゼロッテを自分の上着で包んではいるものの、夜着の裾から覗く足までは隠せない。なるべく自分の胸に押しつけて顔を見られないようにはしているが、それらが兵士たちにちらりとでも見られることがギルベルトの心を苛つかせる。

それが嫉妬や独占欲によるものだとわかっているからこそ、顔に出さないように気をつけた。

「状況は？」

「城下町に進軍が始まりました。不要な血は流れておりません」

「そのまま王城に進んで、占拠しろ。だが、投降するように説得することを止めるな。無血開城させろ」

ギルベルトの命令を受け、軍指揮を執っている者に伝えるために、兵士が一人、馬を駆って行く。ギルベルトはリーゼロッテを起こさないように気をつけながら馬から抱き下ろし、馬車に運んだ。

リーゼロッテはギルベルトの胸に頭をもたせかけ、疲労を頬に滲ませて目を閉じている。そのような顔をさせているのが自分だと改めて思い知らされ、ギルベルトは唇を噛みしめた。

部下に開けさせた扉から、馬車に乗り込む。リーゼロッテの身体は誰にも触れさせないように腕に抱いたままだ。

御者に声を掛け、出発させる。揺れがリーゼロッテにできる限り響かないよう、ギルベルトは彼女の身体を抱き支えた。

年に数度、公務を介して会えるときに、ダンスの相手などでリーゼロッテに触れたことはあった。だがこんなふうに全身を如実に感じられるほど抱き締める機会はなかった。

ダンスのときに抱き寄せた腰の細さや、隣に並んで歩くときに見下ろした細い肩や柔らかそうな胸の膨らみなどを認めては、守ってやらなければならない弱い生き物なのだと、しみじみと感じた。

自分の周りにいる女性たちは、派手に着飾り香水の匂いをさせ、妻や愛人の座を狙っている者ばかりだった。元帥位を賜ったときからはさらにそれらが顕著となり、ある意味、女嫌いになっている。

このままでは妻と望む女性に出会う機会はないかもしれない。侯爵家の跡取り問題にも繋がりかねない事態を招きそうだった。そんなときにギルベルトはリーゼロッテに出会い、彼女の素朴な優しさと誰にでも平等であろうとする心意気に好感を抱いた。

公務で何回か会っただけなのに、もっと彼女のことを知りたくなった。一目惚れだったのかもしれないと、今となっては思える。彼女の朗らかで柔らかい笑顔を初めて見たときに、綺麗だと純粋に思ったのだ。

他の女性は義務的に守るべき存在なのだと自分に言い聞かせているところがあったが、リーゼロッテに関しては、その気持ちが自然と湧いてくる。

農耕を国力の主とするアルティナ王国を田舎だと馬鹿にする輩は、残念ながら帝国内に一定数存在している。リーゼロッテを田舎の王女と小馬鹿にした許しがたい女たちも帝国の社交界にはいたが、彼女は自国のことを常に誇りに思っていて、そんなくだらない悪口などには耳を傾けることすらしなかった。

きつく抱き締めたら折れてしまいそうな華奢な身体をしているのに、芯は強い。そして民を愛し、国のために自分に何ができるのかを常に考える高潔なリーゼロッテに恋慕の気持ちを抱くのも、ごく自然なことだった。

妻にしたい、と自ら願った存在はリーゼロッテが初めてだった。ギルベルトの本心からすればすぐにでも求婚したかったが――リーゼロッテは一国の王女だ。他国に嫁ぐとなれば、貴族たちからの承認が必要だろう。

それになによりも、自分を好きになってもらわなければならない。

自分の持つ権力や財力、人脈を使えば、リーゼロッテを妻として傍に置くことは容易い。だが望まぬ結婚を彼女に強いることはできない。

だから出会ってからこの三年の間、彼女の中で特別な男になれるよう、きちんと手順を踏んだ健全な付き合いをしてきた。ようやく親しい友人、とまで言ってもらえるようになったというのに。

（……私を嫌いになるだろうか……）

自国を踏みにじった非道な男と、リーゼロッテに罵(ののし)られるかもしれない。

だが今回の進軍は、帝国貴族たちのある疑いを晴らすためにも必要なことだった。皇帝アンゼルムも、軍事力の行使は望んではいなかった。

――だが『あの男』がそうせざるを得ないところまで、主要貴族たちを煽った。

陰で色々と動くことに関してだけは、あの男の右に出る者はいないのかもしれない。どちらにしてもギルベルトからすれば、卑劣で反吐(へど)が出るやり方だ。

この件が解決するまでは、リーゼロッテは自分が守った方がいい。エドガルの話が本当ならば、自国に置いておく方が危険だ。

（お前も無事でいろよ、エドガル……）

歳が近く不思議とうまが合い、公的な場以外では密かに親友のように仲の良い付き合いをさせてもらっていた。

リーゼロッテを妻にと望むのならば、一番に仲良くならなければならない存在は、兄のエドガルだ。正直にそう伝えて交流を申し込んだところ、エドガルは呆れたように笑いながらもギルベルトの心意気を好んでくれた。

だからこそ、エドガルは愛する妹のことをギルベルトに頼んだのだ。

細心の注意を払い、エドガルのもとには極秘裏に腕の立つ自分の部下を送ってある。それ以上の手助けをしては何かあったときにギルベルトが責められると、エドガルは頑なに協力を拒んだ。

ギルベルトも、エドガルは見つけ次第無傷で連れてくるように言いつけてある。殺されることがないように注意して命令しているが、混乱の中では何が起こるかわからない。

エドガルが命を落としたとなれば、リーゼロッテの悲しみはどれほどのものになるだろう。

ギルベルトは目を閉じたままのリーゼロッテを見下ろす。

健康的な肌の色と、柔らかそうな頬、閉じた瞼はくっきりと二重で、睫が長く羽のようだ。整った鼻梁の下に、小さな唇がある。化粧っ気のない唇はしかし血色の良い桃色で、かさつきもない。

肩口から零れているストロベリーブロンドの髪は腰の辺りまで長く、ゆるくウェーブを描いている。梳き流しただけでもふわふわと柔らかく広がり、とても豪奢(ごうしゃ)だ。

広がりやすくまとまりづらいからあまり自分の髪は好きではないと言っていたが、ギルベルトはリーゼロッテのものならば何でも好きだ。ダンスのとき、毛先が手に触れることがあり、柔らかい羽毛のような肌触りはそのたびに心をざわつかせた。

これまで異性に性欲を覚えることなどまったくなかったのに、彼女に対しては持て余すほどの衝動を抱くのだ。

女性には紳士でいなければならない。それはフラウエンロープ侯爵家の男子が教え込まれる教訓の一つだ。

なのにリーゼロッテには劣情を抱いてしまう。罪深いことだとわかっていても、時折自分でもどうしたら良いのかわからなくなる。……今、このときですら。

(あなたに酷いことをしているのに……)

無防備すぎる唇にくちづけたい気持ちが——ある。

気づけばあともう少しでくちづけてしまうほど近くまで、頬を寄せてしまっていた。彼女の匂いなのだろうか——かすかに甘い香りが漂って、ギルベルトをハッと我に返らせる。

(……駄目だ！　これでは婦女子にいやらしいことをしようとしている輩と同じだ！)

そんな男をリーゼロッテは軽蔑するだろう。深く嘆息し、ギルベルトはリーゼロッテの身体を改めて抱き直した。

深く、包み込むように——せめて彼女が目覚めるまでは、このくらいは許して欲しいと祈りながら。

第二章　愛人契約

意識を失ったリーゼロッテが次に目覚めた場所は、見知らぬ豪奢(ごうしゃ)な部屋だった。

大の大人が三人はゆったりと並んで眠ることができるほどの柔らかく大きなベッド、細かい花模様が刺繍されたカーテンが降りている天蓋、花の意匠が透かし彫りされたサイドテーブル、毛足が長い絨毯(じゅうたん)、壁に掛かった風景画——どう考えても捕虜が入れられる部屋ではなかった。

自分の身体を見下ろせば、真新しい夜着に変わっていた。蕩けるような肌触りがこれまたとても気持ちがいい、上等の絹で仕立てられている。

着替え以外に何かされた形跡はない。

（ここはどこかしら……）

意識がはっきりしてくると、次々と疑問が湧いてきた。

帝国軍の侵攻はどうなったのだろう。兄や民は無事だろうか。頭の中で、悪いことばかりがぐるぐると巡る。

王女としてどうするべきなのかを考え続けると吐き気がしてきて、リーゼロッテは思わず口元を右手で押さえた。

扉が控えめにノックされたのはそのときだった。ビクッ、と身を震わせ、天蓋のカーテン越しに警戒の瞳を扉へ向ける。

「姫？　起きているか？」

扉が遠慮がちに開き、ギルベルトが姿を見せた。

カーテンがそっと開かれる。身を起こしているリーゼロッテの姿を認めると、ギルベルトが少し安心したように微笑んだ。

「良かった、目が覚めたか。気分は悪くないか？」

ギルベルトが傍に腰を下ろし、持っていたガウンを肩に羽織らせた。

「何か食べるか？　あなたはほぼ丸一日眠っていたんだ」

ギルベルトの気遣いを嬉しく思うこともできず、リーゼロッテは彼の方に身を乗り出す。そして逃がさないとでも言うように、無意識のうちにギルベルトの右腕を両手で摑んでしまっていた。

「それよりもお話を……！　アルティナ王国はどうなってしまったのですか。お兄さまはご無事なのですか？　我が国の民は酷い目に遭っていませんか？　帝国はなぜ、このようなことを……!?」

矢継ぎ早に問いかけるリーゼロッテを、ギルベルトは痛ましげに見つめる。摑まれた手を優しく引き剝がすと、落ち着かせるように両手を肩に置いた。

「大丈夫だ。落ち着いてくれ」

ギルベルトの掌の温もりが、張り詰めた気持ちを優しく包み込んでくれる。直後、リーゼロッテの瞳からぽろりと涙が零れた。

こんなところで泣いてもどうにもならないとわかっているのに、一度溢れ出してしまうと止めることができない。

ギルベルトが驚きに大きく目を瞠り、リーゼロッテをきつく抱き締めた。息ができなくなるほどの強い抱擁に、リーゼロッテは目を見開いた。

「ギルベルト、さま……？」

ギルベルトはリーゼロッテの肩口に顔を伏せ、低く呻くように言った。

「……すまない……っ！」

まるで血を吐くかのような声音に、リーゼロッテの涙が止まる。

（これは、ギルベルトさまの本意ではないということ……？）

リーゼロッテは気を取り直し、ギルベルトから身を離そうとする。だが、抱擁の力は想像以上に強く、身じろぎ程度しかできなかった。

息苦しくて小さく咳き込むと、ようやくきつく抱き締めすぎていることに気づいたのか、ギルベルトの手が勢いよく離れた。

「すまない！　どこか骨折などしていないか!?」

かなり大げさだったが、ギルベルトは狼狽えた表情で言う。

そんなところは、リーゼロッテのよく知る姿から少しも変わっていない。帝国の侵攻があったことが、夢だったのではないかと思えるほどだ。

「大丈夫です」

「良かった……」

心からそう呟いたあと、ギルベルトは自分の両腕をしげしげと見やる。どうかしたのかと視線で問いかけると、彼はぽつりと答えた。

「いや……あなたの身体は本当に小さくて温かくて、柔らかいな、と……」

その言葉に、リーゼロッテは顔を赤くする。ギルベルトも同じように顔を赤くしたあと、場を取り成すように慌てて咳払いをした。

リーゼロッテは、改めて問いかける。

「一体何が起こっているのですか……？」

ギルベルトはとても辛そうな顔になり、低い声で言った。

「アルティナ王国にはある疑いが掛かっている。そのために、陛下は軍を派遣した。目的は王城の無血開城、そして国王エドガルにその疑いについて審問することだ。できる限り争いを避けるため急襲してしまったが……不要な血は流れていない。投降してきた者に危害を加えていないし、戦いを挑んで来た者に対しても、命を奪うようなことはしていない」

それがギルベルトにできる精一杯だったのだろう。

リーゼロッテはギルベルトに深く頭を下げた。

「ギルベルトさまの温情に感謝いたします。ありがとうございます……！」

「いや、あなたの国に酷いことをしているのは変わらない……。それにエドガルは――行方不明だ」

教えてくれた事実に、リーゼロッテは大きく目を見開く。ギルベルトはきつく眉根を寄せて続けた。

「王城に我が軍が辿り着いたときにはもう、エドガルの姿はどこにもなかった。部下に捜索させているが、今のところ報告はない」

「……そ、んな……」

リーゼロッテは次の言葉を失う。ギルベルトは青ざめたリーゼロッテの右手をきゅっと握り締めた。

「遺体は見つかっていない。きっと大丈夫だ。エドガルは必ず見つけ出す」

ないようにした。

脱出しても別のところで命を奪われている可能性もある。だがこれ以上悪いことを考え

「……はい……」

(お兄さまは、ご無事よ。ええ、絶対に！)

「ギルベルトさまの仰る通りです。お兄さまは必ず生きています！」

ギルベルトは驚いたようにリーゼロッテを見返したものの、すぐに眩しげに瞳を細めた。

「……あなたは、強い人だな。尊敬する……」

今、自分が希望を抱けるのは、ギルベルトの励ましがあるからだ。自分一人だけでは、不安に押し潰されるだけだったろう。

リーゼロッテはギルベルトに笑顔を向けた。

「ギルベルトさまがいてくださるからです。ありがとうございます」

まさか礼を言われるとは思っていなかったのか、ギルベルトが言葉を詰まらせた。

「……でも私はこの国に、捕虜として連れてこられたのですよね……?」

「捕虜ではない。重要参考人だ」

リーゼロッテの言葉をギルベルトが強い声音で否定する。その言葉自体を不快に思っているような態度に、リーゼロッテは瞳を瞬かせた。

……どう考えても、捕虜だと思うのだが。

「あの……どうか皇帝陛下に御目通りを……！　なぜ疑いを掛けられているのかを教えていただきたいのです」

「ああ、陛下もあなたと話したがっている。一緒に来てもらってもいいだろうか」

リーゼロッテは強く頷く。ギルベルトはサイドテーブルに置かれていた呼び鈴を鳴らして使用人たちを呼ぶと、リーゼロッテの身支度を整えるように命じた。


リーゼロッテが目覚めた場所は、ギルベルトの私邸内にある客室だった。ほぼ丸一日眠っていたため、ギルベルトに保護された翌々日の朝となっている。

消化に良い朝食を食べ終えると浴室に案内される。使用人たちが入浴を手伝い、髪も綺麗に洗って香油を塗って整えられた。

サイズに少し違和感があるものの、襟や袖口に繊細なレースがたっぷりとあしらわれた立て襟と長袖の白いドレス、さらに周囲の光を受け止めて控えめながらも美しい光を放つ水晶の耳飾りとチョーカーを着けられた。

ドレスと同じ生地で作られた踵（かかと）の高い靴を履き、髪は高い位置に一つに結んだだけで背中に流す。曲線を描く髪が豪奢に広がり、それが装飾品の一つとなっていた。

一国の王女としての尊厳を守ってくれることはとても嬉しいが、この姿は親交パーティーなどで皇帝に目通りするときとほとんど変わらない。本当にこの格好で謁見に向かうのだろうかと、リーゼロッテは落ち着かない気持ちでギルベルトがやって来るのを待つ。

しばらくすると元帥の礼装姿のギルベルトがやって来た。何度も見ているはずなのに、その都度見惚れてしまう。

今は髪を撫でつけており、端整な顔が誰の目にもよく見えるようになっていて、リーゼロッテは改めてギルベルトの麗しさに息を呑んだ。

（素敵……）

「待たせてすまなかった、姫。使いの者の対応をしていたもので……」

謝るギルベルトの声が不自然に途切れ、リーゼロッテの姿を食い入るように見つめる。

穴が空きそうなほど――舐めるように全身を見られて、リーゼロッテは顔を赤くした。変ではないはずだが、気恥ずかしい。

「とてもよく似合っている。綺麗だ……そのドレス、あなたに似合うと思ったんだ……」

意外な驚きを覚えながら、リーゼロッテは問いかけた。

「ギルベルトさまがお選びくださったのですか？」

「ああ。君が眠っている間に当家出入りの仕立屋に、ドレスを用意させた。既製のものしかなかったんだが、その中でこれがいいと思ったんだ。女性にドレスを見立てるのは初めてで……どうだろう。そんなに悪くはないと思うんだが……」

リーゼロッテは居たたまれない気持ちになる。今の言い方ではまるで、恋い慕う相手に――あるいは恋人に、初めてドレスを用意したようではないか！

（こんな状況なのに……勘違いしてしまいそうよ……！）

リーゼロッテは心を落ち着かせ、ギルベルトに感謝の笑顔を向けた。

「とても好みです。ありがとうございます」

「……そうか！　良かった！」

ギルベルトが嬉しそうに笑ってリーゼロッテの手を取り、玄関ホールへと促した。用意された馬車に乗り、皇帝アンゼルムのもとへと向かう。

尖塔を持つ大きな白い城は何度も訪れたことがあったが、今回ほど緊張して足を踏み入れたのは初めてだ。

ギルベルトの配慮なのか、控えの部屋に入るまで、廊下などですれ違う貴族たちはあまりいなかった。だがアルティナ王国王女を見知っている者は、ギルベルトと一緒にいるリーゼロッテを認めると、複雑な表情で頭を下げてくる。

彼らが自分をどう思っているのかを考えると、どこかに隠れてしまいたくもなった。だが兄がいない今、自分の行動が王国の未来を左右するかもしれない。

（私は……逃げ出せないわ……！）

まずは控え室へと連れていかれる。到着した旨を皇帝に伝えるように使用人に命じたあと、ギルベルトはリーゼロッテに向かい合った。

「……大丈夫か」

　これからどうなるのかという不安が、リーゼロッテを俯き加減にしていた。優しく気遣ってくれるギルベルトの声に慌てて顔を上げ、微笑む。

「はい、大丈夫です」

「謁見まで少し時間がある。ここには私とあなたしかいないから、少し寛ぐといい」

　ギルベルトが椅子を勧めてくれる。彼の気遣いを嬉しく思いながら、リーゼロッテは掌で示された椅子に腰掛けた。

　ギルベルトはリーゼロッテの隣に佇み、心配そうにこちらを見つめている。だがふと何かに気づいたように瞳を細めると、右手を差し出してきた。

　リーゼロッテは戸惑ってギルベルトを見上げる。ギルベルトは柔らかい微笑を浮かべると、膝の上に乗せていた左手を取った。

「あなたが嫌でなければ、手を繋いでいよう。少しは不安が拭えるかもしれない」

　ギルベルトの手は、リーゼロッテの手をすっぽりと包み込むほどに大きい。そのぬくもりが、緊張に強張った身体を解してくれるようだ。

　思わずほっと息を吐くと、ギルベルトが握る手に優しく力を込めたのがわかった。

「ありがとう……ございます」

リーゼロッテが礼を言うと、ギルベルトは無言で首を振った。彼が傍にいてくれなければ、自分はこれほど落ち着いていられなかっただろう。

しばらくすると扉がノックされ、使用人がやって来た。リーゼロッテに聞こえないようにするためか、ギルベルトに走り寄り、そっと耳打ちする。

「……なんだと……!?」

ギルベルトの表情が変わった。何かあったのかとリーゼロッテは緊張する。

「まだ王国には嫌疑が掛かっているだけだ。それなのに——彼女にそんなことをしろと、あいつは言ったのか!?」

ギルベルトの怒りを一身に浴びることとなった使用人は、哀れなほどに青ざめて身を縮めている。リーゼロッテは慌ててギルベルトの腕を摑んだ。

「ギルベルトさま、お気遣いはいりません。何があったのですか？　どんなことでも、従います」

見上げながら言うと、ギルベルトがうっ、と言葉を詰まらせた。なぜか少し目元が赤くなっている。

ギルベルトは仕方なさげに、嘆息した。

「……あなたに、手枷(てかせ)をしろと」

使用人は申し訳なさげに、持ってきたトレーに掛けられていた布地を取る。そこには二つの銀輪を鎖で繋いだ手枷が置かれていた。

衝撃はあったが二人にこれ以上気を遣わせないよう、リーゼロッテは微笑んで頷いた。

「わかりました。でも私、これをどう嵌めたらいいのかわかりません……。ギルベルトさま、着けていただいてもよろしいでしょうか」

取り上げると、ちゃり……っ、と意外に繊細な音がした。使用人がほっと安堵の息を吐いて一礼し、そそくさと退室した。

ギルベルトに手枷を差し出すと、彼は痛ましげに瞳を細める。そんな顔をして欲しくないと思うのだが、どうすればいいかわからない。

ギルベルトが銀輪の一つをリーゼロッテの右手に嵌めた。そういうふうに嵌めるのかと、ギルベルトの動きを見守る。

鎖に装飾品のように着けられていた小さな鍵を銀輪の鍵穴に差し入れて、錠をした。

次いで左手を差し出そうとすると、ギルベルトはそれよりも早く、もう一つの銀輪を自分の左手に嵌めて錠をする。リーゼロッテは大きく目を瞠った。

「ギルベルトさま⁉　何をなさって……っ」

「これでいい。絶対ないとわかっているが、あなたが陛下に刃を向けたとしても私がすぐに抑えることができる。では行こう」

手枷の鍵を、ギルベルトは上着の内ポケットにさっさと入れてしまった。

「……ギルベルトさま、待ってくださ……っ」

二つの銀輪を繋ぐ鎖は予想以上に短く、ギルベルトのたった一歩で軽く引きずられてしまう。足の長さが違うからだ、と気づくより早く、リーゼロッテはギルベルトの身体にぶつかるように倒れ込んだ。

ギルベルトがふわりとリーゼロッテの身体を抱き留めてくれる。無駄な筋肉一つない、鍛えられて引き締まった長身に包み込まれて、頬が一気に赤くなった。

「すまない！　怪我はないか!?」

そんな場合ではないのにと、リーゼロッテは慌てて身を起こした。

「だ、大丈夫です。でも、ギルベルトさまが手枷をする必要は……きゃ……っ」

最後まで言わせず、ギルベルトがリーゼロッテを抱き上げた。重さをまるで感じていないような力強い仕草にドキリとする。

予想外の動きに身体の重心を崩してしまい、リーゼロッテは反射的に自由な方の腕をギルベルトの首に絡めてしがみついた。こうして抱き上げられると思った以上に目線が高くなって、少し怖い。

リーゼロッテの身体をとても近くに感じたためか、ギルベルトが身を強張らせた。だがすぐに頬にそっとくちづけてくる。

「驚かせてしまったか？　大丈夫だ。私はあなたを落としたりしないから」

「……も、申し訳ありません……。兄にもこういうことはあまりされなかったので……」

「手枷の鎖は短い。これならばあなたが転ばなくて済む。あなたが嫌でなければ……その、こうして運ばせていただけると、嬉しいのだが……」

「ですがこれでは、ギルベルトさまのお立場が……」

リーゼロッテはしがみつく腕を緩めて、ギルベルトを見返す。鼻先が触れ合いそうなほど近くに彼の端整な顔があることに気づき、慌てて俯いた。

「あなたが罪人のように扱われる方が、私にはとても辛い」

「……わかりました……」

これ以上は何を言っても聞き遂げてもらえなさそうで、リーゼロッテは頷くしかない。ギルベルトはどこか嬉しそうに歩き出した。

謁見の間の大扉の前には使用人が二人、控えている。彼らはギルベルトたちの姿を認めると、驚きにぎょっと目を剥いた。

(それはそうよね……元帥閣下が捕虜扱いの私を抱き運んでいるし、その上、手枷で繋がっているのだもの……)

「扉を開けろ。陛下にお会いする」

「……あ、あの、閣下……そのままでよろしいのでしょうか……?」

控えめに問いかけてきた使用人に、ギルベルトは当然だと頷く。

「構わん。開けろ！」

使用人はそれ以上は何も言わず、扉を開けた。

重々しく開いていく扉から、ギルベルトは室内に入る。玉座には皇帝アンゼルムが座り、その隣にギルベルトと同じ年頃の青年が控えていた。

理知的で中性的な顔立ちを持つ、銀髪の美しい青年だ。ギルベルトよりも線が細い印象を受ける。

親善パーティーで帝国に訪れたときに、幾度か会って挨拶をしたことがあるケヴィン・ヴォールファールト伯爵だ。ともに皇帝を支える存在だと、ギルベルトから聞いている。

広い部屋には、その二人しかいない。衛兵の姿もなかった。

ケヴィンとアンゼルムは、自分たちの前にやって来るギルベルトたちを見て、何とも言えない複雑な表情になった。

ギルベルトはアンゼルムの前で足を止めると、リーゼロッテを降ろしてから最敬礼をした。リーゼロッテも手枷のせいで不自由ながらもスカートを摘まみ、深く腰を落として礼をする。

ケヴィンが小さく笑った。

「一体どうしちゃったの、ギルベルト。一応その女、捕虜じゃないの？　宝物みたいに大事にしちゃってるけど、それ、陛下の前で許されると思ってるの？」

(ああ、私のせいでギルベルトさまが……)

予想通りギルベルトの立場が悪くなっていることを感じ取り、リーゼロッテは頭を上げられない。ギルベルトが小さく嘆息した。

「問題はないだろう。私はお前の言う通り、彼女に枷を嵌めた。もし彼女が陛下に何かしようとしても、私がすぐに取り押さえることができる」

「根本的な間違いをしてるってこと、わかってる? この国の元帥でもある男が、疑いの掛かっている女を大事にしてるのがおかしいよね!?」

ケヴィンが上着の懐に右手を差し入れ、そこから何か銀色の光るものを放った。光がギルベルトの眉間に向かって突き刺さろうとするが、彼は大して驚くこともなく右手を額に上げる。

一体何を、と思った直後、ギルベルトの右手には銀のナイフが握られていた。

挨拶のように普通に攻撃をし、何の問題もなく受け止める二人のやり取りに、リーゼロッテは青ざめて言葉を失う。アンゼルムが玉座の肘置きで頬杖をつき、深く嘆息した。

「ケヴィン、もういい」

「ですが陛下。これはもしかしたらギルベルトに叛意(はんい)がある証かもしれません」

「それはない。ギルベルトは私によく尽くしてくれている」

あっさりと切り返され、ケヴィンが不満げに唇を引き結んだ。同じように皇帝に仕えているにもかかわらず、あまり仲は良くないのだろうか。

アンゼルムがリーゼロッテに言った。

「顔を上げてくれ、リーゼロッテ姫。久しぶりだな」

「ご機嫌麗しゅう、アンゼルム陛下……」

ごく自然な挨拶をしてもらえて、リーゼロッテは少しホッとする。だが、続けられたアンゼルムの言葉に緊張した。

「このような事態になってしまって、あなたも相当戸惑っていると思う。だが、あなたの国に掛かった嫌疑が払拭（ふっしょく）されない以上、不自由な思いをさせてしまうことは許して欲しい」

「陛下、我が国に……一体どのような嫌疑が掛けられているのでしょうか?」

アンゼルムは少し考え込むように沈黙したあと、短く言った。

「同盟の破棄だ」

同盟の破棄――リーゼロッテは頭の中でその言葉を繰り返し、息を呑む。どくり、と心臓が大きく音を立てた。

ヴェルニテローゲ帝国とルモア国が敵対し、両隣に挟まれているアルティナ王国は過去、何度も両国の争いによって蹂躙（じゅうりん）された。だが今は同盟により、ルモア国から守られている。

同盟の破棄により帝国の後ろ盾がなくなれば、王国は再び戦乱の時代へ突入することになるだろう。

両隣の国がアルティナ王国を我が物にせんと侵攻してくることになれば、祖国の疲弊はどれほどのものになるのか、想像もつかない。また、どちらが勝っても属国になる以上、王国の民や財産のすべてが隷属物となる。

（そんなことを……お兄さまがするわけがない……!!）

王族には戦の無意味さと悲惨さが語り継がれている。自分たちの民を絶対に過去と同じ目に遭わせてはいけないと教育され、リーゼロッテたちもその教えを守り続けていた。

何よりも民のことを考えれば、戦などするべきではないと理解している。

エドガルは両親の遺志をきちんと受け継ぎ、民のためにどうすればいいのかを常に考えながら政をしていた。そんな愚策を講じるはずがない。

リーゼロッテは顔を上げ、真っ直ぐにアンゼルムを見つめた。強い意志を込めた視線を受け止め、アンゼルムが軽く眉を上げる。

「兄は決してそのようなことを致しません。戦は民を疲弊させ、国の領土を荒らします。帝国との繋がりを切る必要性が、我が国にはありません！」

「調べもしないで言っているわけじゃないんだよ。アルティナ王国に不穏な動きがあると聞いて、私たちの方も調査はしていた。その調査結果が、エドガル王に謀反の疑いありってことだったんだよ」

「何かの間違いです！」

リーゼロッテは凛と張った声でケヴィンの言葉を否定する。ケヴィンは一瞬気圧（けお）されたように息を呑んだものの、すぐに肩を竦め、呆れたように首を振った。

「君のその態度自体がもう叛意に見えてくるよ。謀反の疑いがないというのならば、証拠を見せてくれなきゃ。だいたい叛意がないというのなら、エドガル王は逃げる必要はなかった。陛下の御前で弁明すればいいだけなのに、行方知れずではねぇ」

リーゼロッテはきつく唇を引き結ぶ。確かにその通りだ。

だが急襲されれば、兄の意思はどうあれ、重鎮たちは王の身を案じてまずは逃がそうとするだろう。

（私はどうしたらいいの……？）

リーゼロッテが示せるものは、兄に対する信頼と帝国に対する誠意しかない。形のないこれらを示すためにはどうすればいいのだろうか。

……ふと、ある方法が思い浮かぶ。信じてもらうためにはとても効果的に思えたが、リーゼロッテにとっては恐怖そのものだ。

沈黙したままのリーゼロッテを、ケヴィンは勝ち誇った笑みを浮かべて見つめている。次に何を言ってくるのかと楽しむ気配を感じ、リーゼロッテは両手を強く握り締めた。

ギルベルトがもう黙っていられないというように顔を上げ、ケヴィンを睨みつける。

「ケヴィン、いい加減に……」

「――ならば、私の命を帝国への親睦の証として捧げます」

「……っ!?」

ギルベルトが目を剝いて、リーゼロッテを見返した。

ケヴィンも驚いて目を瞠ったが、すぐに残忍な笑みを浮かべる。アンゼルムは感情を読み取れない薄い微笑を浮かべただけで、無言だ。

ケヴィンが両手を叩いた。

「それはいい！　姫は自分の命の使い方をよくご存じだ。私は姫に対する考えを改める気になったよ」

「何を言っているんだ、姫！　あなたがここで命を差し出したりなどしたら、エドガルが悲しむに決まっているだろう!!」

リーゼロッテは決意を込めた笑みを浮かべた。

「兄は今ここにおらず、私は嫌疑を払うだけの証拠を持っていません。ならば私の命を証として捧げるのが一番良い方法です。アルティナ王国は、帝国に決して叛意を持ちません。それはアルティナ王国第一王女、リーゼロッテ・アルティナの命で証明いたします」

「――駄目だ!!」

ギルベルトが空間をビリビリと震わせるほどの怒声を上げる。リーゼロッテは身を竦めた。

「そんなことは認められない!! 陛下、エドガルが叛意を持っていないことを、私が証明いたします。しばし……しばし時間をいただきたい……!!」

ケヴィンが瞳を眇めた。

「ずいぶん王国に肩入れするね、ギルベルト。まさかお前も加担しているとか、そういうことはないよね？」

これではギルベルトにまで疑いの目が向けられてしまう。リーゼロッテは慌てて言った。

「いいえ！ ギルベルトさまは常に帝国のことだけを考えていらっしゃいます。友人のように接していただいているのは、ギルベルトさまがお優しいからです。王国と帝国を秤に掛けたとき、ギルベルトさまは迷わず帝国を取られる方です！」

リーゼロッテからこれほどまでに強い反論がされるとは予想外だったようで、ケヴィンが顔を顰める。

アンゼルムは部下とリーゼロッテのやり取りを無言で見つめ続けるだけだ。どうして何も言わないのか、不安になる。

それでも今の自分にできることは、これしかない。リーゼロッテは髪先が床に広がるほどに深く頭を垂れて繰り返した。

「どうぞ、陛下……私の命をお納めください」

謁見の間に、沈黙が漂う。しばらくしてギルベルトが口を開いた。

「——陛下、私はこれまで陛下に自ら報賞を望んだことはありませんでした」

急に関係のない話を切り出され、リーゼロッテたちは戸惑ってギルベルトを見返す。アンゼルムは少し遠い目をして記憶を探ったあと、頷いた。

「ああ、そうだな。お前はどれだけ功績を挙げても、一度として自分から何かを欲しがったことはなかった」

「欲しいものがないって、人生の大半を損しているよね」

ケヴィンの言葉にも確かに一理あるだろう。だがリーゼロッテは、ギルベルトの無欲さを好ましく思う。

王国と比べ、帝国には様々な物資がある。物欲も強い国だろう。それでもギルベルトの心を動かすほどのものは存在しないのだ。

では彼が欲しいと思うものは、この世界に存在するのだろうか。

「陛下、私はリーゼロッテ姫が欲しい。彼女を私に下さい」

「……っ!?」

リーゼロッテとケヴィンが、ギルベルトの言葉に目を瞠った。

(今、ギルベルトさまはなんて……？)

ギルベルトはアンゼルムを真っ直ぐに見つめて続ける。

「王国の嫌疑を晴らすために、この美しい方の命を奪うのはとても惜しい。私はいずれ、彼女を自分のものにしたいと思っていました」

「……え……？」

衝撃のあまり、リーゼロッテは素の反応を返してしまう。

「美しくたおやかな彼女を私のものとし、毎日抱いて愛しみ、私だけしか知らない女にしたいと思っていました。彼女は常に私の劣情を煽る希有な存在なのです」

「……な……な、何、を……」

高潔なギルベルトの口から出てくる言葉とはとても思えず、リーゼロッテは口をぱくぱくさせながら、顔を真っ赤にした。

ケヴィンも瞳を零しそうなほど大きく見開いている。落ち着いているのはアンゼルムだけだ。

「ふむ……つまりお前はリーゼロッテ姫を女として欲しいということか？」

「はい、そうです。彼女の身体をたっぷりと味わいたいのです」

「……ギルベルト、お前、頭がおかしくなったの？　それって今ここで、言うことかな？」

「今ここで言っておかなければ、姫は処刑されてしまう。私はそれが嫌だから、これまで隠していた気持ちを陛下にお伝えしたまでだ」

　ケヴィンが右手で額を押さえ、呆れた溜め息を吐いた。リーゼロッテは自分を欲する露骨な理由に言葉を失ったままだ。

　アンゼルムが思案していたのはわずかの間で、彼は意外にもあっさりと頷いた。

「わかった、姫の命はお前にやろう」

「陛下!?　それはあまりにもおかしな処罰です!!　ここは姫を尋問して知っている情報を絞り出してから、相応しい刑を……」

「待て、ケヴィン。よく考えろ。あのギルベルトが姫にだけ性欲を抱いているということだ。これでギルベルトが女に目覚めれば、侯爵家の跡継ぎ問題も解決するのではないか?」

「……そ、れは……この唐変木が女に全く興味を持っていないことは知っていますが……」

「姫はそのきっかけをギルベルトに与えてくれるかもしれない。姫を罰するのはその後でも構わないのではないか?　侯爵家の跡継ぎ問題も、大事なことだ」

　アンゼルムもずいぶんと酷いことを言っているが、ギルベルトの請願の方が強烈で、気づけない。

「この件についてはお前から聞いている限りでは、王国の叛意の決め手が欠けている。やはり早くエドガル王を見つけ出し、査問することだ」

　ケヴィンはそれ以上何も言えなくなってしまい、悔しげに唇を引き結んだ。アンゼルムが続けた。

「お前の望みを叶えよう、ギルベルト。姫はお前のものとなる。だが、姫の様子には注意を払っていてくれ。もし疑わしき行動があれば、すぐに拘束するように」

「畏まりました。監視は私自身が続けます」

「では話は終わりだ。姫の身柄はギルベルトに任せる。ケヴィン、調査はお前も続けろ。エドガル王の捜索も忘れるなよ」

ギルベルトが深く頭を下げる。アンゼルムはマントの裾を揺らして玉座から立ち上がり、謁見の間から出て行った。

ケヴィンが慌ててあとに続きながらも肩越しにこちらを見やり、忌々しげな——同時にどこか困ったような複雑な表情をした。

アンゼルムの姿が見えなくなるのを待ってから、リーゼロッテはギルベルトへ問いかけようとする。

「ギルベルトさま、あの……っ!!」

「さあ、謁見は終わった。戻ろう」

「……あ……っ」

ギルベルトが手枷を外してリーゼロッテの身体を抱き上げ、謁見の間を出て行く。

降ろして欲しいと頼んでも、ギルベルトは聞かない。すでにもう『ギルベルトの女』として扱われているということだろうか。

だが彼の腕はリーゼロッテを守るかのようにすっぽりと包み込んでくれている。それがリーゼロッテを安心させた。

(でも……ギルベルトさまは私を……)

リーゼロッテを抱きたいから欲しい、とギルベルトはアンゼルムに言った。

ギルベルトが自分にそんなことを願うとはとても信じられなかったが――彼は、男としての欲望を満たすために自分が欲しいのだ。

(それは……ギルベルトさまの慰み者になる……ということ……?)

相手が求めるままに身を差し出し、どのような愛撫にも応えていかなければならない。

自分にだけしか欲情しないとは、本当なのだろうか。侯爵家の跡継ぎ問題としてこれから迎える未来の妻にも欲情できるように、自分を利用するとのことだったが。

(何だか色々なことがあって……頭の中がぐちゃぐちゃだわ……)

馬車に揺られている間、何を話しかければいいのかわからず、リーゼロッテは気まずく沈黙するしかなかった。このまま屋敷に戻ったら、すぐにギルベルトに――抱かれるのだろうか。

想い合う男女が愛を育むために、あるいは子を成すために、何をするのかという知識はある。だがギルベルトが自分に求める劣情は、愛する者に対する想いなのだろうか。

友人としてこれまで付き合いはあったが、皇帝との会話によればそれもリーゼロッテをいずれ手に入れるための策略でしかなかったことになる。

リーゼロッテは膝の上で両手を強く握り締め、目を伏せた。向かいにギルベルトが座っているが、リーゼロッテが思い煩(わずら)っている様子に気遣わしげな目を向けているだけで、話しかけてはこない。

そういう優しさも嬉しいのに、それも自分を手に入れるためだけの手段でしかないのかと思うと、胸が痛かった。

(所詮はギルベルトさまも……ただの男、ということなのかしら……)

例えばマルクスのように。

(……違うわ……っ)

リーゼロッテは乱れる心を落ち着かせるために、深呼吸する。

どのような理由であれ、現状では自分はギルベルトの所有物になったのだ。抵抗したりなどしたら、今はまだ監察下に置かれているだけのアルティナ王国に、次なる一手が加わってしまうかもしれない。

(ギルベルトさまが望まれたら、どんなことでもお応えしなければ……)

ギルベルトに触れられる。それを考えると甘いざわめきが心に生まれた。だがそれ以上に、そこに愛がないことが悲しくて辛かった。

どちらも話し出すきっかけを摑めぬまま侯爵邸に到着し、昨日から使っている客室に連れていかれる。ギルベルトはリーゼロッテを丁重にエスコートしてくれた。

出会ったときから変わらないギルベルトの優しさを感じながらも、リーゼロッテはこれからのことを考えて表情が硬くなってしまう。

「明日にはあなたの部屋を用意させる。今日はここを使ってくれ」

頷くだけのリーゼロッテを、ギルベルトは痛ましげに見つめた。

「……今日はもう休んだ方がいいだろう」

休む、という言葉に身体がびくりと震える。それはつまり、これから寝室に向かうということだ。

（ギルベルトさまが、私を……）

彼が望むままにどのような愛撫も受け入れなければならない。……ギルベルトは自分に、どんなふうに触れるのだろうか。

リーゼロッテは覚悟を決め、胸元をぎゅっと握り締めながら大きく息を吸う。そしてギルベルトを真っ直ぐに見つめて言った。

「わかりました。行きましょう」

「……え……？」

リーゼロッテはギルベルトの手を取り、続き間となっている寝室へと向かう。ギルベルトはされるがままになりながら、戸惑いの目を向けてきた。

なぜそんな顔をするのかとリーゼロッテは不思議に思うものの、足は止めない。

すでに綺麗に整えられているベッドを認めると、急に足が震えてきた。だがリーゼロッテは強く唇を引き結び、ギルベルトに向き直る。

「姫？　その……どうしたんだ……？」

表情からこちらの決意は感じ取ってくれているようだ。リーゼロッテは俯き加減で言った。

「私はギルベルトさまが……は、初めての方、なので……どうやって始めればいいのかはわかりませんが、お好きにしてください。ただ……初めてなので、嫌がるようなそぶりも……してしまうかもしれませんが、それは本意ではないと……どうかご理解くださいませ……」

「一体何を……」

ギルベルトがますます困惑した顔になる。

このままではせっかくの決意が萎んでしまう。リーゼロッテは思い切って、ドレスの背中に並んでいるボタンを外せるところまで外した。

「……姫……!?」

ギルベルトが真っ赤になって、顔を背けようとする。だが本心がそれに伴っておらず、濃茶の瞳は食い入るようにリーゼロッテの仕草を見つめていた。

使用人の手を借りずにドレスを脱ぐのは意外に手間取ってしまう。それでも何とかドレスを二の腕辺りまで引き下ろした。

コルセットで押し上げている胸の膨らみの上半分をギルベルトに見られ、リーゼロッテは羞恥のあまり小さく身を震わせながらも言う。

「……あ、あの……どうぞ、ギルベルトさまの……お好きにしてくださいませ……」

ギルベルトが目を見開き、リーゼロッテの露わになった胸元を凝視した。そんなに強く見つめられたら、穴が空いてしまいそうだ。

息を呑んで見つめるだけで触れてこないことに居たたまれなくなり、リーゼロッテは意を決してギルベルトの胸に身を寄せるように近づいた。

ギルベルトの礼装に、身体をぴったりと押しつける。ギルベルトが驚いたのか身体を強張らせた。

皇帝にあんなことを言っていたにもかかわらず、どうして触れてこないのだろう。

「ギルベルト……さま……？」

「……っ！」

ギルベルトが鋭く息を吸い込んだ。

どうかしたのかとリーゼロッテが顔を上げるよりも早く、ギルベルトの両腕が身体を包み込んでくる。体格差があるため、力任せにぎゅっと抱き締められると潰されそうな感じがした。

（え……!?）

リーゼロッテの肩口に、ギルベルトが顔を伏せる。裸の肩に彼の精悍な頬が押しつけられ、温もりと呼気が伝わってきた。

リーゼロッテは不思議な心地よさとそれを上回る羞恥を覚え、身を震わせた。

（わ、私……このままギルベルトさまと……？）

自分から脱いでおきながら、心臓が口から飛び出そうだ。

だがギルベルトはリーゼロッテをきつく抱き締めたまま、微動だにしない。呼気が少し乱れているが、それもとてもゆっくりとだが――確実に、落ち着いてくる。

「……ギルベルト……さま……？」

「すまない、しばらくこのままでいてくれ！」

「……は、はいっ!!」

ギルベルトのいつになく必死な声音に疑問を挟むこともできず、リーゼロッテはじっとしていた。

しばらくして呼吸が完全に整うと、そっと引き離してくれる。

そして神妙な顔で礼服の上着を脱ぐと、リーゼロッテの肩に掛けてくれた。彼の温もりが優しく伝わってきて、リーゼロッテは思わずほうっと息を吐く。

ギルベルトはリーゼロッテの乱れた胸元をなるべく見ないようにしながら、客室に備え付けられていたソファに促した。

「私とあなたの間に、認識のずれがあるようだ……。私はあなたを、その……慰み者として扱うつもりは、一切ない」

「……え……？　でも、皇帝陛下には……わ、私を欲しい、と……」

どう考えてもあの言葉は、自分を女として欲しがっているものとしか思えなかった。

「いや！　あれはその、あの場ではああ言った方が、ケヴィンに色々と追及されることが少なくなるかと思っただけで……!!　あなたの命が失われるようなことになっては絶対にいけないとそれを考えただけ、で……っ」

まるで初な少年のように、ギルベルトは真っ赤になって弁明してくる。初めて見るギルベルトの表情が何だか少し可愛らしく見え、リーゼロッテの頬が緩んだ。

「私を欲しいと仰ってくださったこと……何か理由があるのですね？」

「……ああ」

「どうか教えてください。私にも何かお役に立てることがあるかもしれません」

「いや、それはまだ時期ではない。もう少し状況がはっきりしたら、あなたにもお話しできるが……今はまだ、待ってもらえないだろうか」

　ギルベルトの言葉に不満がないわけではなかったが、ここで自分ができることは何もない。もどかしさに両手を握り締め、リーゼロッテは仕方なく頷いた。

「わかりました。今はこうしてギルベルトさまに保護していただくことが私の役目なのですね」

　不満を口にしないリーゼロッテに、ギルベルトは安堵と嬉しさが混じった笑みを見せ、励ますように手を握ってきた。

「ここにいる間、あなたに不自由させないように努めるつもりだ。明日にでもあなた専用の部屋を用意するし、服やアクセサリーも揃えよう。王国から取り寄せるわけにはいかないから、ひとまず既製品で我慢してくれ。明日、我が家が用達している仕立屋と宝飾屋を呼ぶからドレスを仕立てよう。ああ、そうだ。側付きも我が家の使用人から気に入った者を選んでくれ。最低でも……そうだな、三人は必要だろう。それ以上でも構わない。王国にいたときのような快適さからは程遠いだろうが……とにかく、して欲しいことがあれば遠慮無く言ってくれ。できる限りあなたの要望に応えよう」

　リーゼロッテが口を挟む暇などないほどに、ギルベルトが様々な提案をしてくれる。ありがたい気遣いではあるが、やり過ぎではないだろうか。これでは賓客以上の扱いだ。

　リーゼロッテはギルベルトの手を握り返しながら、慌てて言った。

「お心遣いは感謝します。ですが私はギルベルトさまに保護していただいている身です。このように厚遇されては、とても心苦しくなります。どうかお気になさらずに……私は使用人のお仕着せでも構いませんから」

「あなたにそんな格好はさせられない！」

リーゼロッテの言葉に、ギルベルトは声を荒げる。いつにないギルベルトの様子にリーゼロッテが少し驚いて見返すと、彼はバツが悪そうに視線を逸らした。

色々気遣ってもらっているのに拒絶した物言いをしたため、不快にさせたのかもしれない。

だが、手は相変わらず握られたままだ。リーゼロッテはそこに救いを求めて、ギルベルトに謝罪しようとする。

それよりも早くギルベルトがソファから立ち上がり、リーゼロッテの足元で片膝をついた。

まるで騎士が忠誠を誓うかのごとき仕草に、リーゼロッテはドキリとする。ギルベルトはリーゼロッテの右手を改めて取ると、真剣で少し緊張した顔で見つめながら言った。

「リーゼロッテ姫。この件がすべて解決し、あなたに心穏やかな日がやって来たら……私と、結婚して欲しい」

突然すぎる求婚に、リーゼロッテは大きく目を見開く。

ギルベルトへの好意を抱き始めてからは、乙女らしい夢想で彼との結婚を想像してみたことは何度もあった。だがギルベルトのこれまでの功績や立場を考えれば、同盟国とはいえ小国の姫を娶ることなどないだろうと思っていたのだ。

(ギルベルトさまが私を妻に……嬉しい……!!)

嬉し涙が視界を淡く滲ませる。

しかし同盟破棄による敵対の疑いを掛けられ、国王である兄は行方知れず——ギルベルトの機転がなければ、リーゼロッテは王女として拘束され、尋問されていたのだ。そんな状態で自分の幸せを喜べるわけがない。

リーゼロッテはどう返事をすればいいのかわからず、口を噤んで目を伏せる。ギルベルトは気分を害したふうでもなく、労わるように優しくリーゼロッテを見つめた。

「そんな場合ではないと、私もきちんと理解している。だがあなたに身体目当てで保護したと誤解されたままなのは嫌だ。あなたを守りたいと思ったから、あの場であのように言わせてもらったことを知って欲しかった」

「……ギルベルトさま……」

改めてギルベルトの優しさと気遣いに感謝と好意を覚え、申し訳ない気持ちになる。リーゼロッテは真っ直ぐにギルベルトを見返し、言った。

「この件がきちんと解決したら、改めてお返事をさせてください」

「ああ、それで構わない。ありがとう、姫」

ギルベルトがリーゼロッテの右手を引き上げ、指先に優しくくちづける。王族として受ける挨拶ではあったが、手袋越しではなくギルベルトの唇を直接感じるのは初めてだ。

(思った以上に柔らかくて、優しくて……温かいわ……)

指先へのくちづけは、普段の挨拶のそれよりも少し長い。ギルベルトは名残惜しげにリーゼロッテの手を離すと、改めて隣に座った。

「あなたを守るために、私の保護下にあることを周囲に印象付けるのが良いと考えている」

「はい。私に何かできることはありますか？」

すべてを彼に任せきりにするのは、嫌だった。

ギルベルトは口を開きかけたが、すぐに耳まで赤くなり、口元を大きな右手で覆いながら俯いてしまう。

「……その……それは……」

ギルベルトが言い淀む。

落ち着きのない仕草は滅多に見ることがなく、リーゼロッテは新鮮な気持ちになってしまった。こういう顔をすることがあるのか。

(歳相応の男の方に、何だか可愛いなんて思ってしまうことは失礼かしら)

「その……求婚の答えを待つとは言ったが、表面上は私の愛人として扱わせていただけたら、と……」

「……ギルベルトさまの愛人となったことを周囲に知らしめることによって、あなたに変なちょっかいを出そうとする者はだいぶ減るだろう。ケヴィンは帝国を裏切った弱小国の姫だと言ってあなたのことをよく思っていない。同じように帝国貴族の中には、その……言葉は悪いのだが、飼い犬に手を噛まれたと思っている者は多くいる。腹いせにあなたに何かをしようとする者が出てもおかしくはないんだ」

アルティナ王国は決して帝国の属国ではない。だが国力の差から帝国貴族たちが自分たちを弱者として見下す気持ちがあったとしても、それは仕方のないことだった。

「エドガルを捜索するとともに、アルティナ王国への嫌疑についても調査する。だがその間、あなたが私の保護下にある尤もらしい理由が必要だからな」

ギルベルトの傍にいられることに、リーゼロッテはとても安堵した。

今、頼れる存在はギルベルトしかいない。非常に難しい立場にある自分を捕虜としてではなく、ギルベルトはそうならないように守ってくれている。

(それに私がギルベルトさまの傍にいれば、王国への牽制(けんせい)にもなるわ)

自分がギルベルトの傍に留まることで、実質の人質ともなる。忠義厚い者たちがリーゼロッテを奪い返しに帝国内に踏み込もうとするのを阻むことにもなるだろう。

掛けられた嫌疑の調査が終わるまでは、不要な争いは避けた方が王国のためになるはずだ。

「勿論、あなたが嫌がることはしないと神に誓う！　ど、どうだろう。提案を呑んでもらえないだろうか……？」

「さすがギルベルトさまです。王国の民が決起しないようにしてくださる配慮に、感謝いたします」

「……え……あ……そ、そんなつもりはないのだが……」

深々と頭を下げたリーゼロッテに、ギルベルトは戸惑う。元帥という立場ながらいつも謙虚さを忘れないところを改めて素敵だと思いながら、リーゼロッテは笑った。

「わかりました。ギルベルトさまの愛人として、精一杯努めさせていただきます」

「ありがとう」

どこかホッとしたように――けれども嬉しそうにギルベルトが笑った。

その笑顔にドキリとして、リーゼロッテは慌てて目を伏せる。先ほどギルベルトに求婚されたばかりだということを思い出して、何だかとても気恥ずかしい。

「このことを知っているのは私の側付きと皇帝陛下のみとなる。エドガルを陥れた者がどこに潜んでいるかわからない。……あなたには王女から愛人に落ちぶれたと好奇の目が向けられると思うが……」

ギルベルトがとても申し訳なさげな顔と声で言ってくる。リーゼロッテは安心させるために笑顔を見せた。

「大丈夫です。ギルベルトさまがお傍にいてくだされば、私は何を言われても平気です。どうかお気になさらないでください」

「わかった。できる限りあなたの傍にいるようにしよう」

ギルベルトが真面目な顔で頷いた。とにかく今自分ができることは、下手に動いて迷惑を掛けないことだ。

「……それで、その……姫。確認をしたい……のだが」

「はい、何でしょう？」

再びギルベルトが顔を赤くしながら、言いにくそうに切り出す。リーゼロッテはギルベルトが何でも言えるように、柔らかな笑顔を浮かべ続けた。

「あなたには……どこまで触れても、いいだろうか……？」

偽とはいえ、ギルベルトの愛人としてこの屋敷で過ごすことになるのだ。例えば使用人たちに疑いを持たれないため、それなりの振る舞いをしなければならない。

だがどこまで触れていいのかと問われても、どう答えればいいのかわからない。リーゼロッテは頬を赤くして、俯く。

「……あ、の……どのようにお答えすればいいのか、わからなくて……」

「あ、ああ、そうだな。そうだ……女性にそのような恥ずかしいことを言わせるのは駄目だな……」

ギルベルトが右手を伸ばして、リーゼロッテの手に触れた。骨張った硬い指先は、剣をふるう手だからだろう。

その指がリーゼロッテの手の甲を優しく撫で回し、指先へと下りていき——指を絡め合わせるようにして握ってきた。

掌がぴったりと重ねられる繋ぎ方に、リーゼロッテはドキリとする。

「手に触れたり、繋いだりするのは大丈夫か？」

「……は、い……」

「では……あなたの頬や髪、腕や肩……腰や背中に触れるのは、問題ないか……？」

言いながらギルベルトの手が優しく触れては撫でて、離れる。

こちらの反応を探っているかのような動きは擽ったいのにどこか心地よい。兄に頭を撫でてもらうときとは違う心地よさだ。

（ギルベルトさまの手、大きくて温かくて……私を、とても大切にしてくださっていることがわかる……）

「大丈夫です……」

「良かった。では、抱き締めるのは？」

髪を撫で下ろした手がリーゼロッテの腰に絡み、ぐいっと強く引き寄せる。引き締まった胸元に顔を押しつけるように抱き締められ、リーゼロッテは驚きに小さく声を上げた。

ギルベルトとは何度かダンスをしたことがあるが、それ以上の密着具合だ。こんなに近くにいたら、自分の心臓の音が彼に聞こえてしまいそうだ。

ギルベルトはリーゼロッテの肩に顔を伏せるようにしている。力強い腕の中にすっぽりと包み込んだまま、じっとしてくれていた。

自分が小柄だとは思っていないが、ギルベルトに抱き締められると何だか小さな子供になってしまったような気がする。全身を彼の温もりが包み込んでくれ、ドキドキしてしまうがとても心地よく、安心した。

リーゼロッテはギルベルトの胸に、自分からもそっと頬を押しつける。服越しにギルベルトの鼓動が小さく聞こえた。

少し速めに思える鼓動はそれでも規則正しく、リーゼロッテをますます安心させるリズムを刻んでいる。

「……どう、だろうか。嫌ではないか？」

ギルベルトが痺れを切らしたかのように問いかけてきた。

あまりにも心地よかったために答えることを忘れていた。リーゼロッテは慌てて顔を上げながら頷く。

「良かった。これならば私たちが互いに愛人同士という演技をしていても、周囲に怪しまれることはないな」

「……はい……」

こんな状況で求婚を受け入れられないのに、演技で彼の愛人とならなければならない。まるでギルベルトの心を弄んでいるように思え、複雑な罪悪感を抱いてしまう。

リーゼロッテの物憂げな表情に気づいたギルベルトが、心配そうに言った。

「姫、無理だけはしないでくれ。私に触れられて嫌ならば、そう言って欲しい。あなたの心にこれ以上の負担は掛けたくない」

「いいえ、私のことではなく……ギルベルトさまの好意に甘えているだけの状況が心苦しくて……」

「どうして心苦しくなるんだ？」

心底不思議そうにギルベルトが問いかける。そんなふうに問われることの方が不思議で、リーゼロッテは戸惑って口ごもってしまった。

ギルベルトは朗らかに笑った。

「私はあなたの役に立てるのが嬉しい。このことがあなたの国の中だけで起こってしまって私が何の関与もできない状態になるよりは、ずっといい。それに演技とはいえ、こうしてあなたに触れることができる。それは私にとって……そうだな。ご褒美なんだ」

無欲すぎる言葉は、心を甘く蕩かしてくれる。このまますべてをギルベルトに委ねたくなってしまうほどだ。

リーゼロッテは感謝の笑みを浮かべた。

「ありがとうございます、ギルベルトさま。あの……愛人としてもっと触れなければならなくなったときには……ギルベルトさまが必要だと思うことまでしてくださって結構です。遠慮なく私に触れてください」

「……いや！　それは大丈夫だ!!」

ギルベルトが顔を赤くしつつ、リーゼロッテから少し離れる。

温もりが遠ざかったことに残念な気持ちを抱き、リーゼロッテは自分が心弱くなってしまっていると自覚してそっと嘆息した。

ギルベルトが軽く咳払いする。

「とりあえず……これからしばらく、よろしく頼む」

リーゼロッテは慌てて笑顔を浮かべ、頷いた。

「はい。よろしくお願いします」

第三章　初めてのくちづけ

ギルベルトの屋敷で世話になり始めてから、周囲から向けられる好奇の目は日増しに強くなっていった。

ギルベルトが目を光らせているおかげでリーゼロッテを愛人と蔑む者はいない。きちんと賓客として扱われているのだが、それでも使用人たちが自分に対してある種の強い興味を持っていることはなんとなく伝わってくる。

嘘を吐いていることへの居たたまれなさと、それがわかってしまったときにギルベルトが何か不利な状況になってしまわないかという不安から、使用人たちとの接触を必要最低限にするため、自然と宛がわれた自室に籠もりがちになった。

ギルベルトはできる限りリーゼロッテの傍にいるために、仕事も屋敷でできるように手配していた。彼の部下たちの出入りは多かったが、ギルベルト自身が出掛ける様子はなく、執務室で仕事を進めている。

　ここでは本を読むことくらいしかなかったが、この屋敷の図書室には小説や物語、画集などが多く、まだ読んだことがないものもたくさんあり、リーゼロッテの時間を満たしてくれていた。

　部屋を出ないリーゼロッテのために図書室から本を持ってくるのは、ギルベルトの側付きであるオスカーだ。赤い髪の柔和な笑顔が好感を持たせる青年は、ギルベルトより二つ歳上で、偽の愛人であることを知っている数少ない事情通の一人である。

　乳兄弟で幼い頃からずっと傍で仕え、最も信頼している部下だと、ギルベルトから紹介されていた。

　元帥という立場から兵法書の類いが多そうな感じなのに、これらの蔵書は意外だったと言うと、オスカーは少し考え込んだあと、悪戯（いたずら）っぽく笑って言った。

「リーゼロッテさまが退屈されないようにと、ギルベルトさまが揃えさせたものです。これまでのリーゼロッテさまとのお話から、好みのものを予測しているようですね」

「……えっ⁉」

　ギルベルトと一緒にいられるときはできる限り彼のことを知りたいと――自分のことを知ってもらいたいと、時間が許す限り話をしてきた。決して無口な質ではないもののどちらかと言えば聞き役だったギルベルトが、それらの会話から自分の好みを推し量ってくれているのか。

自分に向けるギルベルトの愛情を改めて知らされた気がして、リーゼロッテは俯き、顔を赤くした。

嬉しくて、気恥ずかしい。そして、甘くて蕩けそうな気持ちになる。

（お兄さまのことがなければ……今すぐにでもギルベルトさまの求婚をお受けしたい……）

だが今の状況でギルベルトと結婚など、とてもできない。

ギルベルトは友人としてもエドガルのことを心配し、部下たちに行方を捜させている。その間、アルティナ王国は帝国の監視下に置かれ、彼の部下たちが管理しているとのことだった。

王国民たちは監視の目があるものの、いつもとほぼ同じ日常を送ることができているらしい。

できれば自分の目で確認したいが、行ったところでできることは何もない。今はギルベルトに任せるのが一番いいのだろう。

（わかっているけれど……もどかしいわ……）

ならば自分にできることをしようと、リーゼロッテは思い直す。それはこうして与えられる一方になってしまっている好意に、少しでもお返しをすることだ。

「そろそろ昼食前のお茶の時間よね。ギルベルトさまへのお茶、私が淹れて差し上げようかと思うのだけれど……」

「いいと思いますよ！　ギルベルトさまもとても喜びます」

早速オスカーに厨房に案内してもらい、丁寧に茶を淹れる。

厨房の料理人たちは驚き、興味深げな目を向けたものの、オスカーの笑顔の前では真面目な顔で自分の仕事をしている。気配でこちらの様子を窺っている居心地の悪さはあったが、じろじろ見られないだけで少し気が楽だった。

準備を整えたトレーを、当たり前のようにオスカーが運ぼうとする。リーゼロッテは慌てて止めた。

「あなたに運ばせたなどとギルベルトさまに知られたら、私が叱られてしまいます」

「ありがとう。でも、せっかくだから自分で運びたいの。我が儘を言ってごめんなさい」

料理人たちがその言葉に一瞬だけ肩越しの視線を投げてきた。どうやらオスカーに謝罪したことが意外に思われたらしい。

王女然としていなければいけなかったのかと少し後悔し、リーゼロッテは彼らの目から逃れるようにそそくさと厨房をあとにした。

オスカーはリーゼロッテを執務室の前まで案内すると、別の仕事があるからと立ち去ってしまった。急に一人にされて何だか心細い気持ちになりながらも、扉をノックする。

何か考えごとでもしているのか、どこか心ここにあらずの声音で、ギルベルトが入室を許可してきた。

リーゼロッテが中に入ると、整頓された広い室内の一番奥にある重厚な執務机で、ギルベルトが手元の書類に万年筆を走らせていた。

執務中の姿を目にするのは初めてだが、真面目な表情で次々と書類の決裁を済ませていく手際の良さに、思わず見惚れてしまう。

茶の香りを感じ取ったらしいギルベルトが、顔を上げずに言った。

「もうそんな時間か。ありがとう。空いているところにでも置いていってくれ」

「はい。ではこちらに置いておきますね」

言いながらトレーを広い机面の端の邪魔にならないところに置く。

次の瞬間、ギルベルトががばっと顔を上げてこちらを見た。そして椅子を蹴り倒しそうな勢いで立ち上がる。

「リーゼロッテ姫!? なぜあなたが使用人のようなまねを!?」

「これはギルベルトさまへの御礼のつもりで……」

ギルベルトの慌てぶりが予想以上で、リーゼロッテは戸惑いながらもそう言う。ギルベルトが訝(いぶか)しげに眉根を寄せた。

「礼……?」

差し入れられている本についての話をすると、ギルベルトがようやく納得したのか頷きながら椅子に戻った。なぜそんなに慌てているのかと問えば、屋敷の使用人たちに何か嫌がらせで仕事を押しつけられたのかと思ったらしい。

「使用人たちにはあなたを賓客扱いするようきつく言いつけてある。だが、アルティナ王国王女であるあなたをよく思っていない者もいるかもしれない……。嫌がらせなどされていたりしたら、教えて欲しい」

「わかりました。お気遣いくださり、ありがとうございます」

ギルベルトが主人であるこの屋敷でそんな卑劣なことをする者がいるとは思えなかったが、『ギルベルトの愛人』として興味対象となってしまっているのは確かだ。

ふと妙に熱い視線を感じ、リーゼロッテはギルベルトがカップをじっと見つめていることに気づいた。慌ててソーサーごと取り上げ、手渡す。

手渡す際に指先が一瞬触れ合って、思わずドキリとしてしまった。

(ど、どうしてこのくらいのことで……寝室だって一緒なのに)

愛人関係であることを周囲に知らしめるため、ギルベルトとは夜、同じ部屋で眠っている。もちろん使用人たちが寝支度を整えて姿を消すまでだ。

その後は、ギルベルトが続き間となっている夫婦の居間のカウチソファで眠っている。

軍人として訓練し続けている身体は、使用人たちが近づいてくる足音で目覚めることができるらしい。彼らが起こしに来る頃に、ギルベルトがリーゼロッテの隣に潜り込む。おかげで使用人たちに愛人関係を不審がられてはいない。

「ありがとう」

カップを受け取る際に満面の笑みで礼を言ってもらえ、胸がときめいてしまう。こんなに喜んでもらえるのならば、もっと早くにすればよかった。

「御礼と言えるほど大したことではないのですが……」

「あなたが淹れてくれたから嬉しいんだ。……うん、美味しい。少し甘みがある、か……？」

こちらへの愛情を素直に示してくれるギルベルトに頬を赤くしてしまったリーゼロッテだったが、すぐに頷いた。

「はい、蜂蜜をティースプーン一杯分、入れてあります。甘いものが苦手な方でもこれくらいならばと思いまして。疲れた頭に適度な糖分を入れると、仕事の効率が上がるという話を聞いたことがありましたから」

「なるほど。だから優しくてホッとする味わいになっているんだな。美味しい」

自分ができることを見つけられて嬉しくなり、リーゼロッテは言う。

「もしご迷惑でなければ……また、お淹れしてもよろしいでしょうか？　お仕事の邪魔はしませんので」

「それはもちろん！　とても嬉しい！」

ギルベルトが執務椅子から腰を浮かせてしまいそうなほど勢い込んで言う。そんなに喜んでもらえるとは思わず、リーゼロッテは満面の笑みを浮かべた。

他愛もない話を少ししたあと、リーゼロッテは退室しようとする。その背中に、ギルベルトが問いかけた。

「屋敷の生活に、不自由はないだろうか」

リーゼロッテは足を止め、肩越しに振り返って答えた。

「とてもよくしていただいています。ありがとうございます」

「……そうか……何かあったら、すぐに教えて欲しい」

(何かあったら……)

こちらを心配してくれる言葉だ。だがそこに含みを感じてしまうのは、今、自分を取り巻く状況が複雑だからだろうか。

ギルベルトはカップをソーサーに戻し、こちらをじっと見つめながら続けた。

「あなたのことを、いつでも気に掛けている。気になることや心配なこと……私に話して気持ちが落ち着く場合もあるだろう。どんな話でも聞く。遠慮なく言ってくれ」

愚痴に付き合ってくれるのか。それとも自分が漏らす言葉から、同盟破棄に関する情報を得るためなのか。

(……ああ、違うわ。ギルベルトさまは私をただ心配してくださっているだけ……)

そんな疑いを持ちたくはないのに、一度湧いてしまうと今はなかなか振り払うことが難しい。ただ、ギルベルトが傍にいてくれることを喜べるだけならばいいのに。

(そういうわけにはいかないわ。私はアルティナ王国の王女なのだから)

行方知れずとなった兄が万が一見つからなかったときは、王国の存続は自分の采配に掛かってくる。その重責を改めて思い知らされたような気がして、リーゼロッテは大きく目を瞠った。

「……姫……？」

頬を強張らせたリーゼロッテに、ギルベルトが心配げに問いかけてくる。リーゼロッテはハッと我に返り、微笑んだ。

……少しぎこちない笑顔だとわかってはいたが、取り繕うことができない。

「ありがとうございます。何かあったらすぐにご相談させていただきます」

「大丈夫か……？　部屋まで送ろう」

辞退する前に、ギルベルトはこちらに歩み寄っている。強く拒否することもできず、リーゼロッテは自室まで送ってもらった。

「色々と思い煩うことも多いだろう。少し休んだ方がいい」

この優しさを疑ってしまう気持ちが拭えないことが、何よりも辛かった。

オスカーが決裁書類の追加分を持って、執務室に入ってくる。ギルベルトは執務椅子を回転させて扉に背を向け、長い足を組みながら窓の外を眺めていた。

濃い金色の前髪が影を落とす濃茶の瞳は鋭く、真剣に何かを思案している。

元帥という立場でありながら基本的には人当たりがよく、部下にも大らかで気安く接してくれる。失敗についてはとても厳しいが、挽回すればしっかり褒めてくれる。努力する者には協力を惜しまない一面もあり、ギルベルトを信頼する者は多い。

確かに、仕える側としてはかなり理想的な上司だ。……その分、身分や権力だけで成り上がった者たちからすれば、ずいぶんと煙たい相手ではある。

帝国貴族の女性たちが、最良の結婚相手として狙いを定めるのも無理はない。ギルベルトは帝国内の女性ならば、誰でも手に入れることができるだろう。

だがギルベルトの心の中には、たった一人の女性しか存在を許されていない。一途なところも好感が持てる理由の一つだ。

机上には空になったカップが置かれている。リーゼロッテがささやかな礼として自ら淹れたものだ。

わずかな時間とはいえ、リーゼロッテと二人きりの時間を過ごせたことがその後の効率を上げたのだろう。未処理箱の中には、一枚の書類もなかった。

「ギルベルトさま、追加の書類をお持ちしました」

「……ああ」

答える声はおざなりではないが、思案した響きだ。オスカーは未処理箱の中に書類を置きながら、優しく問いかけた。

「何かお悩みが……？」

「姫の元気がない」

はあ、と深く嘆息し、ギルベルトが椅子を回転させてオスカーに向き直る。先ほどの凜々しい表情は一転し、今にも倒れるのではないかと思えるほどに心配そうな顔になっていた。

「配慮はしているつもりだが、やはり気鬱になってしまうのだろうな……。状況が状況だ。それでも明るく振る舞って、私に必要以上の迷惑を掛けまいと、外に出ないようにしている。だがこのままでは姫の心の健康が心配だ。……オスカー、何か良い案はないだろうか」

軍人特有の固い口調と真剣な声音はとても凜々しいのだが、口にしている内容はそこからはほど遠い。ある種の情けなさすら滲んでいる。

ギルベルトのこんな様子は自分以外の誰にも知られないようにしなければ。オスカーは心の中で誓いながら言った。

「ギルベルトさまが姫のためにと思うことを行えばよろしいのではないでしょうか」

「いくつか案はある。だがそれが本当に姫を喜ばせるかどうかはわからん。私は女性については圧倒的にお前よりも経験値が低いからな……」

「……私が女遊びをしまくっているような言い方はお止めください。まあ確かに……ギルベルトさまよりは格段に女性についての知識はありますが」

ほら見ろ、と言わんばかりにギルベルトがオスカーを見やる。二人きりだと乳兄弟の気安さで砕けたやり取りになってしまうのは仕方がない。

オスカーは軽く咳払いして気を取り直すと、弟を見守るような優しい笑みを浮かべて言った。

「リーゼロッテさまは思慮深くとてもお優しい方です。ギルベルトさまが自分のためにしてくださることならば、何でも喜んでくださいますよ」

「ああ、そうだな。本当に素敵な女性だ……」

ギルベルトがうっとりと瞳を細めながら頷いた。

おそらく先ほど交わしたリーゼロッテとのやり取りを思い出しているのだろう。ある意味でギルベルトはとてもわかりやすい。

「よし、やってみるか！　ここで考えてもどうにもならんならば、やるだけのことをやるだけだ！」

オスカーの後押しに、ギルベルトが笑う。どこか子供のような無邪気さすら感じる笑顔は、リーゼロッテに関することでしか見られないものだった。


昼食を終えて自室でレース編みをしていると、ギルベルトがリーゼロッテを誘いにきた。

「姫、屋敷には番犬代わりの犬が何頭かいる。一緒に遊んでみないか?」

予想外の誘いにリーゼロッテは驚いたものの、犬種名を聞いて興味を持った。

毛足の長い大型犬で、小さな子供の世話すらできると言われている賢い種だ。動物と子供が大好きなリーゼロッテだが、自国ではペットを飼っていなかった。

「先日、子犬も生まれた。見てみないか?」

「見たいです!」

瞳を輝かせて頷いたリーゼロッテに、ギルベルトはホッと安堵した顔になる。そのあと、何かを企むような悪戯っぽい笑みを見せた。新たに知る表情にドキリとする。

「ではまず、着替えだ」

そんなに汚れるようなことをするのだろうかと、リーゼロッテはほんの少しの不安と、それを遙かに上回る期待を抱く。

ギルベルトは使用人に平民が着るような——それでも使われている生地や飾りレース、ボタンなどは高価なものだったが——エプロンワンピースを持ってこさせると、リーゼロッテに着替えさせた。ふわふわした髪は後ろで一本の三つ編みにすると、アルティナ王国で農作業をしていたときとほぼ変わらない格好になり、懐かしい気持ちになる。

（王国の皆は、元気かしら……）

自分の目で今の王国がどうなっているのかを確認できないことは、思った以上にリーゼロッテを不安にさせる。これでは気遣ってくれるギルベルトをまた心配させてしまうと小さく首を振り、気を取り直して使用人たちとともにギルベルトが待っている庭に出た。

明るい日差しは屋敷の中で窓ガラス越しに感じるよりも爽やかで、気持ちを柔らかく解してくれた。やはり部屋に籠もりきりというのは、身体には良くないのかもしれない。

リーゼロッテは空を見上げて目を細め、太陽の光を全身に浴びるように軽く伸びをした。

「リーゼロッテ姫」

背後から声を掛けられて振り返る。ギルベルトも黒を基調とした執務服から、シャツとサスペンダー付きのズボンという平民のような格好になっていた。

そんなギルベルトの姿を見るのは初めてで、リーゼロッテは驚いてしまう。

「ギ、ギルベルトさま……!?」

「ああ、そうだ、が……何か変だろうか……？」

リーゼロッテの驚きが予想以上だったのか、ギルベルトは途端に落ち着かない様子で自分の姿を見回す。リーゼロッテは慌てて首を振った。

「申し訳ございません。今のようなお姿のギルベルトさまを拝見するのは初めてだったもので……」

「そうだな。あなたの前では大抵元帥の正装だった」

(でも、そういう格好も素敵……)

見目麗しいとは言っても、決して女性的な印象を与えないギルベルトだ。袖を捲り上げた腕や、襟を寛がせた胸元などから覗く鍛えられた逞しさに、何だかどこを見ればいいのかわからなくなる。

ギルベルトがリーゼロッテをじっと見つめてきた。頭から足の先まで舐めるように見つめたあとは、軽く身体の向きを変えて後ろ姿も見てくる。

自分の格好も確かにギルベルトにいつも見せているものとは違っていたが、変ではないはずだ。

「あ……あの……ギルベルトさま。私の姿、どこかおかしいでしょうか?」

「いや、すまない。見過ぎてしまった……。その格好だと、いつも綺麗なあなたがとても可愛らしく見える。うん……いい。私はどちらも好きだな」

「……っ!?」

ごく当たり前のようにギルベルトは言うが、言われた側は予想もしていなかった褒め言葉に真っ赤になってしまう。控えていた使用人たちはギルベルトが女性を褒めることが相当珍しかったのか、瞳を零さんばかりに見開いていた。

「ああ、お前たちは下がれ。何かあれば呼ぶ。姫との時間を邪魔しないように」

彼らに命じる声に、リーゼロッテはどういう態度をとればいいのかわからない。だがすぐに、ハッと気づいた。

(これは……私たちが愛人関係であることを周囲に知らしめるためなのだわ……‼)

ギルベルトの言葉があまりにも自然で、演技だと気づけなかった。これではいけない。

リーゼロッテはすぐに顔を上げ、ギルベルトに柔らかく微笑みながら言った。

「ありがとうございます、ギルベルトさま。そう言っていただけるととても嬉しいです。私もギルベルトさまのいつもと違う姿に……と、ときめいて、しまいます……」

(……恥ずかしい……っ‼)

今すぐにどこかに隠れて気持ちを落ち着かせたい！

チラリとギルベルトの様子を確認してみる。ギルベルトは顔を赤くして身を強張らせ、口元を片手で押さえていた。

幸い立ち去っていく使用人たちには背を向けているため、照れているようにしか見えない表情は知られることはないだろう。

(え、演技ではなかったということ……⁉)

素のままの褒め言葉だったのか。それはそれで、恥ずかしさは同じだったが——嬉しくもなる。

　彼らの足音が完全に消えたあと、ギルベルトは気を取り直したように咳払いをした。

「い、犬を！　呼び寄せよう！」

「は、はい！　よろしくお願いします！」

　ギルベルトが指笛を高く鳴らす。犬の鳴き声が上がり、リーゼロッテたちの方に向かって三頭の大型犬が勢いよく走り寄ってきた。

　リーゼロッテは笑顔で両腕を広げた。

「まあ、可愛い！　いらっしゃい！」

　わふっ！　と一頭の犬が返事をするように一声鳴いたあと、飛びかかってきた。犬の跳躍力を軽く見ていたリーゼロッテは、自分の目の前に犬の腹部が迫ってくるのを認め、大きく目を見開く。

「――姫!!」

　ギルベルトが血相を変え、リーゼロッテを抱え込むようにして抱き締めた。引き締まった身体を間近に感じて、鼓動が痛いほどに跳ねる。

　ギルベルトの背後に犬が飛び乗った。残りの二頭もまるで申し合わせたように次々とのし掛かる。大型犬を三頭も背負うことになり、さすがのギルベルトもよろめいた。

「……っ！」

ギルベルトが膝をつき、リーゼロッテを地面に押し倒した。それでも重みが掛からないように腕に力を込める。

前髪がリーゼロッテの額に触れ、顔を覗き込まれる。犬たちは遊んでいるだけのようで、ギルベルトの身体に相変わらずのし掛かったままだ。

「大丈夫か!?」

「……だ、大丈夫……です……」

少しでも身を起こせばギルベルトと鼻先が触れ合ってしまう至近距離だ。リーゼロッテは辛うじてそう答える。

ギルベルトがホッと安堵の息を吐いた。

「そうか、良かった……。こらお前たち！　いい加減にどけ！」

ギルベルトが厳しい声を上げるが本気の叱責でないことはわかるようだ。犬たちは尻尾をブンブンと振って、ギルベルトの身体にまとわりつく。

普段から遊んでやっているのだとわかり、リーゼロッテは犬に勝てないギルベルトの様子に思わず笑ってしまいながら、彼の腕の中から這い出そうとした。

「……う……わ……っ！」

犬たちがさらに全身でのし掛かり、ついにギルベルトがリーゼロッテの上に崩れ落ちてしまう。

その瞬間、リーゼロッテの唇に、ふにっ、と柔らかいものが触れた。

それがギルベルトの唇だと気づき、リーゼロッテは大きく目を瞠る。ギルベルトも同じく驚いた顔をしていた。

(私……今、ギルベルトさまとくちづけを……)

ただ唇が一瞬触れ合っただけの、子供同士がするようなくちづけだ。それでもギルベルトの唇の柔らかさが感じ取れて、リーゼロッテは耳まで赤くなってしまう。

ギルベルトはリーゼロッテを見開いた瞳で見下ろしたまま、茫然と呟いた。

「……柔らかい……」

思わずのように呟いた直後、ギルベルトは慌てて身を起こした。渾身の力を込めたのかギルベルトの背中から犬たちが滑り落ち、腹を上に向けて楽しげにわふわふとじゃれ合っている。

そして無言のままリーゼロッテの腕を摑み、上体を引き起こしてくれる。互いに地面に座った格好のまま、どうしたらいいのかがわからない。

唇へのくちづけは、初めてなのだ。

(……温かくて優しい感じがして……もっと触れて欲しかった……なんて！　何を思っているの、私！)

とんでもないことを望んでしまった気がして、リーゼロッテは恥ずかしさで顔を赤くし、俯いた。

「……リーゼロッテ姫……」

隣のギルベルトが、低い声で呼びかけてくる。いつになく動揺した声だ。

心を見透かしたかのような絶妙な頃合いであったため、リーゼロッテは恐る恐る彼を見返した。

(え……!?)

ギルベルトが頬を寄せてきていた。至近距離に驚いて身じろぎすると、鼻先がコツリと触れ合う。

あともう少し顔を近づければ、くちづけもできる。

「その……先ほど、あなたと……唇が触れ合ってしまったのだが、嫌、だっただろう、か……?」

思いもよらない問いかけをされ、リーゼロッテは思わず素直に答えてしまった。

「い、いいえ……嫌なんてこと、は……ありませんでした……」

「ならばもう一度してもいいだろうか。……あなたに、くちづけたい」

「ギルベルト……さま……?　ん……っ」

リーゼロッテの唇に、ギルベルトのそれが柔らかく押しつけられた。優しい仕草なのにいつになく強引で、驚く。

「……ん……っ」

ちゅっ、ちゅっ、と軽く啄む音をさせながら、ギルベルトはリーゼロッテの唇を味わう。柔らかさを確認するように唇を食まれ、驚きに強張った身体から徐々に力が抜けていった。

すぐに終わるのかと思いきや、やがてギルベルトはリーゼロッテの腰に左腕を絡ませて強く引き寄せ、何度も唇を啄んできた。

(私……今、ギルベルトさまとくちづけを……)

触れる唇の動きが、思った以上に心地よい。どこか甘さを感じるくちづけに頭の中がふわふわしてくる。リーゼロッテはうっとりと目を閉じ、ギルベルトに身を委ねた。

「……リーゼロッテ……姫……」

くちづけの合間に呼びかけられて、瞼を開こうとする。だがそれよりも早くギルベルトの唇の動きが激しさを増し、リーゼロッテの唇を半ば強引に押し開いてきた。

ギルベルトらしくない乱暴な仕草だ。直後、口中にぬるりと熱い感触が差し込まれる。肉厚のものがリーゼロッテの歯列を撫でてきた。

「……んぅ……っ!?」

刺激的な感触にリーゼロッテは大きく目を見開き、反射的に声を上げようと口を開いてしまう。その隙を逃さず、それはリーゼロッテの喉奥を目指して深く入り込んできた。頬の内側の柔らかい部分や上顎のざらつき、舌の裏側までもねっとりと撫でてくる。

「……ふぅ……ん、んぅ……っ」

見開いた瞳に生理的な涙が滲み、リーゼロッテはきつく目を閉じる。

「……ふぁ……あっ」

唾液で熱くぬめったギルベルトの舌が、逃げるリーゼロッテの舌に絡みついてきた。

ぬるぬると擦りつけられていると、身体が熱くなってきた。初めて知る快感によって、身体の力は抜けていってしまう。

「ん……ふぅ、ん……っ!!」

ギルベルトは何かに憑かれたかのように、執拗にリーゼロッテの舌を追いかけ、搦め捕り、強く吸ったり舐め回したりしてくる。互いの唾液が混じり合い、不思議な甘さになった。

息継ぎが上手くできなくて苦しい。空気を求めてさらに口を開いてしまい、ギルベルトの舌をもっと奥まで受け入れてしまう。

ギルベルトの方も息苦しげだ。時折唇を離して荒い呼吸を繰り返すものの、すぐにまたリーゼロッテの唇を味わってくる。

もうこれ以上は駄目だと思うのに、離れがたい。

……離れて欲しくない。こうして深く触れ合うことで、ギルベルトからの想いが伝わってくるような気がするのだ。

(もっと、して……)

「……は……っ、リーゼロッテ……っ」

息継ぎの合間に熱い声音で呼びかけられ、腰の奥に何か疼くような快感が生まれてくる。

リーゼロッテはどうしたら良いのかわからず、与えられるくちづけに酔わされるだけだ。

(息が……苦しい……でも、止めて欲しく……ない……っ)

ギルベルトの舌が、リーゼロッテの舌を引き出す。先端を強く吸われ、リーゼロッテは身体を仰け反らせるようにしながら身を震わせた。

「……んんっ!!」

「……ああ、リーゼロッテ……可愛い……。もっと……もっと欲しい……!」

ギルベルトが熱い息とともに言い、リーゼロッテの身体に両腕を巻き付けるようにして、きつく抱き締めてきた。ギルベルトの温もりと、自分に向けられる好意を全身で感じる。

このままずっと、ギルベルトが与えてくれる想いに浸っていられたらいい。

だがそう願った直後、リーゼロッテの胸に兄や祖国の民の笑顔がよぎった。

「……っ!!」

彼が与えてくれる好意に溺れるだけの愚かな王女だと言われたような気がして、リーゼロッテは反射的にびくりと大きく身を震わせた。

ギルベルトがハッと我に返り、息を呑んで慌てて身を起こす。

「……すまない！　やりすぎた!!」

犬たちは構ってくれないギルベルトにつまらないとでも言いたげな目をして、いつの間にか二人の周囲を取り囲んでいる。息を乱したリーゼロッテを見ないように、ギルベルトは目を伏せて続けた。

「……その……いきなり、すまなかった。あなたの唇に触れたら……もっと、触れたくなってしまって……ああ、言い訳だ。あなたに許可なく触れたことは、私の落ち度だ。すまない！」

ギルベルトが頭を下げる。

（本当は、嬉しい）

そう伝えたい気持ちを呑み込み、リーゼロッテは顔を赤くしたまま首を振った。

「……だ、大丈夫、です……。だってギルベルトさまとは……その、あ、愛人……関係なのですから……」

「そうか……そうだな……」

ギルベルトが何とも言えない複雑な表情で、眉根を寄せた。

真っ直ぐに向けてくれる好意に対し残酷な返答をした自覚は、もちろんある。自分は彼へ好意を抱いているのではなく、状況上仕方なくそうしているのだと伝えたようなものだ。

（だって、まだわからないのだもの……）

ギルベルトのことを信頼している。

だが、彼は帝国の人間だ。……本当に信じていいのか、わからない。

気まずい空気を打ち破ってくれたのは、痺れを切らした犬たちだった。二人の足元にまとわりつき、遊んでくれと言いたげに鼻先を身体に押しつけてくる。

ギルベルトが苦笑し、リーゼロッテの手を取った。

「姫、こいつらがせがんでいる。遊んでやろう。無難にボール投げはどうだ？」

ギルベルトがズボンのポケットから手に納まる大きさのボールを取り出した。途端に犬たちが喜んで尻尾を振り、ギルベルトの身体に飛びつく。

今度は危なげなく受け止めながら、ギルベルトはリーゼロッテにボールを手渡した。

「投げてやってくれ」

「はい……」

こちらが傷つけてしまっているのに、ギルベルトの態度は変わらない。それどころか気遣ってくれる。

リーゼロッテは複雑な悲しみを抱きながらも、気を取り直して笑顔になった。

ギルベルトが場を取り繕ってくれたのだ。ならばそれに従おう。リーゼロッテは犬たちにボールを見せたあと、それを勢いよく投げた。

犬たちとの遊びは、思った以上に体力を使うものだった。

ボール投げをしながら庭を駆け回り、興奮した犬に飛びかかられて尻餅をついたりする。遊ぶと決めたのならば全力で楽しまなければとギルベルトが言ってくれたおかげで、リーゼロッテも大いに身体を動かすこととなった。

休憩時間には、水やりや餌やりもさせてもらう。まだ犬小屋から外に出していなかった子犬たちも抱かせてもらい、柔らかくてふわふわの愛らしさに心癒やされた。

陽が傾く前に屋敷に戻ったギルベルトとリーゼロッテだったが、出迎えたオスカーたちが思わず呆れ顔になってしまうほど、服はもちろん、頬や手を汚していた。

入浴をしてさっぱりとし、ギルベルトとともに晩餐を済ませる。昼間の突然のくちづけのぎこちなさは犬たちのおかげで綺麗に拭われ、会話も弾んだ。

ギルベルトがくちづけのことを思い出させないよう、気を遣ってくれたのだろう。

晩餐後は遊び疲れた子供のように眠気を覚え、早々にベッドに入った。ギルベルトは届いた手紙に目を通しておきたいと、少し執務を行っている。

寝支度を整え、ベッドに潜り込む。心地よい疲れが全身を緩やかに包み込み、リーゼロッテはすぐに目を閉じた。

だが無意識のうちに右手が上がり、指先が唇のかたちをなぞってしまう。

（ギルベルトさまとの……くちづけ……）

ギルベルトの唇の感触と、執拗なまでに求めてくる舌の動きを思い出し、リーゼロッテは掛け布を頭まで引き上げて丸くなった。

（くらくらして、でもとても……気持ちよかった……）

ギルベルトは愛する者に対して、あんなふうにくちづけをするのか。もし彼の妻となったら、あのくちづけ以上のことをされるのだろう。

（もしもギルベルトさまにあれ以上触れられたら……私はどうなってしまうのかしら……）

不純な妄想をしてしまいそうになり、リーゼロッテは掛け布の中で慌てて首を振った。


急ぎの手紙などなかったが、今日はリーゼロッテが寝付いてから寝室に入った方がいいと思い、ギルベルトは晩餐後、執務室に向かった。そうしないと、理性が保てないような気がした。

はしゃいだ犬たちのせいで事故とはいえリーゼロッテにくちづけてしまったことを、ギルベルトは何かにつけて思い返してしまう。

リーゼロッテは最初は驚いて身を強張らせたが、やがて酔うようにうっとりと身を委ねてくれた。それが自分を受け入れてくれたのだと思えて制御が利かなくなり、気づけば欲望のままに貪（むさぼ）ってしまった。

リーゼロッテが急に身体を震わせたのは、彼女の無垢な乙女心を傷つけてしまったからだろう。

（ああ……だが姫の唇は柔らかくて甘くて……気持ちよかった……）

くちづけのあとの気まずさを感じさせないよう配慮はしていたが、気づけば彼女の唇の動きばかり見てしまっていた。幸い気づかれてはいなかったが、あの唇にもう一度くちづけたいと何度も考えてしまい、料理の味もほとんどわからなかった。

彼女を押し倒したとき、自分よりも小さくて可憐な身体を真上から見下ろすのも――とてもいい、と思ってしまった。

（それに、今日の姫はとても可愛らしかった……）

美しさを際立たせるドレス姿ももちろん素敵だが、平民の格好をすると可憐さと可愛らしさが強くなる。その姿もいい。

一瞬だけ触れてしまった唇は、柔らかくほんのりと甘い香りがして、ギルベルトの心に衝撃を与えた。突然のくちづけを謝罪しようとしたのに、気づけば自分とのくちづけに嫌悪していないかどうかを確認してしまった。

驚きと羞恥に大きく目を瞠って顔を赤くしながら、リーゼロッテはギルベルトの問いに嫌ではないと答えてくれた。

（……そう！　私とのくちづけが嫌ではないと言ってくれたんだ!!）

　飛び上がりたいほどに嬉しいと思った直後にはリーゼロッテの唇がもっと欲しくなり、可愛らしい唇を本能のままに貪った。

　女性経験など一度もなかったが、男の欲というのは恐ろしい。気づけば舌を差し入れ、戸惑って逃げるリーゼロッテの小さな舌を搦め捕り、唾液を混ぜ合わせるようにして心のままに味わってしまった。

　思い出しただけで、下腹部に欲望の熱が溜まっていくのがわかる。それはリーゼロッテと出会って彼女の人となりを知り、恋をしたのだと自覚した頃から感じていた熱だ。

　以前ならば、適切な距離が保てていた。だが今は偽とはいえ愛人関係を結んでいるため、同じベッドではないものの、寝室は同じだ。

　毎晩が理性との戦いだ。

（だが私は、彼女の唇の心地よさを知ってしまった……）

　これは己の欲を警戒しなければならない。そうでなければ嫌がるリーゼロッテを組み敷いて夜着を剝ぎ取り、強引に己の欲望を埋め込んで喘がせてしまうような気がする。

（そうだ。夢の中では何度でも姫を……）

　頭の中にリーゼロッテの淫らな姿がぽんっ、と浮かび上がった直後、ギルベルトの股間が張り詰める。慌ててゆっくりと息を吐きながら首を振り、気持ちを落ち着かせた。

……こんな状態ではリーゼロッテに何をするか、自分でもわからない。

だが、いつまでも執務室に閉じこもっているわけにもいかない。頃合いを見つつ、ギルベルトは悶々とした気持ちのまま寝室に向かった。

自分で着替えられるからと、今夜は使用人を下がらせている。リーゼロッテを起こさないよう気配を消して寝室に入り、寝間着に着替えてベッドに近づく。

リーゼロッテはよく眠っていた。

犬と遊ぶことなど嫌だと断られる覚悟もしていたのだが、ギルベルトの予想を裏切り、とても楽しそうだった。

犬とじゃれ合ったり子犬にミルクを飲ませたりするときの笑顔がいつもよりも少し幼く、無邪気で明るく――リーゼロッテのありのままの姿を見ることができたような気がした。

可愛くて堪らなくなり、何度もぎゅっと抱き締めたくなって困ったくらいだ。

ギルベルトはリーゼロッテの頬に右手を伸ばす。掌で頬を撫で、髪を撫で、額を撫でる。

リーゼロッテは寝入ったまま、気づかない。指先が唇を掠め、胸がどくりと鳴った。

（くちづけ……たい……）

昼間のくちづけを、もう一度したい。リーゼロッテの唇の甘さをもう一度味わいたい。

だがくちづけだけで止めることができるのだろうか。

（……いやいや！　それ以前に、婦女子の寝込みを襲うなど!!　それは駄目だ!!）

リーゼロッテに触れたい気持ちをぐっと呑み込み、ギルベルトは寝床となるソファへ向かう。その直後、リーゼロッテが低く呻いた。

「……う、ん……んぅ……」

どこか悩ましげで淫らな声に聞こえてしまい、ギルベルトの足が止まった。

たったこれだけで欲望が頭をもたげてきそうになり、ギルベルトは両手で顔を覆って嘆息した。……自分の欲は、もしかしたら普通の青年よりも強いのだろうか？

（早く寝よう。そうしよう。いや、とにかくここから離れ……）

「……お兄、さま……駄目……駄目、行っては、駄目……」

リーゼロッテの声に、ギルベルトは目を瞠る。慌てて振り返れば、リーゼロッテは掛け布の端をきつく握り締め、眉根を強く寄せて寝言を繰り返していた。

「……お兄さま、みんな……駄目……殺さない、で……」

ああ、とギルベルトは何とも言えない憐憫を覚えながら、リーゼロッテに再び歩み寄る。

リーゼロッテの右手が何かを追い求めるように上がった。

「お願い……殺さないで……殺さない、で……！」

途切れ途切れに聞こえる言葉が、どのような夢を見ているのかを教えてくれた。

ギルベルトは痛ましさに眉根を寄せ、リーゼロッテの空を掻く手を両手で受け止める。

(私は馬鹿だ。あなたが傍にいることで浮かれていた)

「……殺さない、で……」

最悪な未来を夢に見てしまっているのだろう。ギルベルトはリーゼロッテの手を優しく包み込むように握り締めた。

強張っていた手が温もりに溶かされるかのように、ゆるゆると力を失っていく。代わりに瞳が開き、目尻から涙が一粒、零れた。

部屋の淡い明かりを受け止めた透明なエメラルドグリーンの瞳が、ギルベルトの姿を捉える。

眠りから覚めたばかりでまだ夢と現の間を行き来しているのだろう。どうしてここにギルベルトがいるのかを理解できていない。

「ギルベルト……さま……?」

「すまない、起こしてしまったな。魘されていたから……大丈夫か……?」

ギルベルトが一方の手を離して、人差し指で目元の涙を拭い取ってやる。濡れた感触を覚えてリーゼロッテが驚きに瞳を瞬かせたあと、慌てて上体を起こした。

「……わ、私、その……っ。申し訳ありません……っ!!」

「謝られる理由がわからない。君は私に何もしていないが」

「……あの……そうではなくて……」

リーゼロッテはギルベルトから顔を背け、目元を慌てて拭う。その仕草で理解した。

(王女として心弱くなっていた姿を見せたのが、いけないと思うのか)

その気高さを愛おしく思いこそすれ、情けないと侮蔑することは絶対にない。

ギルベルトは安心させるように微笑んだ。

「ここにはあなたと私しかいない。今見たことは、絶対誰にも言わないと誓おう」

「……ギルベルトさま……」

こちらを見返した瞳が、また潤み始める。そんな瞳も綺麗だと見惚れてしまいそうになりながら、ギルベルトはリーゼロッテの手を少し強めに握り返した。

「むしろ謝るのは私の方だ。あなたが兄君や祖国のことを心配しているのはよくわかっている。なのにまだ何も話せず、エドガルの行方もまだわかっていない……」

本当のことは、まだ話せない。種は蒔いているが芽吹く気配がないからだ。

そのためにリーゼロッテに嘘を吐かなければならない。それが、一番辛かった。

(それでも、あなたと――あなたの大切なものを守るためだ)

リーゼロッテは空いている方の手で目元を静かに拭い、首を振った。

「私の方こそ情けない姿をお見せしてしまって申し訳ありません。ギルベルトさまがお話ししてくださるまで、待っていますから」

「すまない、姫……」

リーゼロッテの心の内を思うと、謝罪しかできない。リーゼロッテは気を取り直して、小さく笑いかけた。

健気な笑顔が、愛おしい。

(抱き締めたい)

ギルベルトは胸の内に湧いてくる欲を呑み込み、握っていた手を離しながら言った。

「もう眠った方がいい。おやすみ」

「……あ……」

最後まで触れ合いたくて、とてもゆっくりとした仕草で手を離す。リーゼロッテは離れていく温もりを惜しむかのように、小さく声を漏らした。

見返せば、彼女は恥ずかしげに頬を染めて目を伏せた。

「……お、おやすみなさいませ……」

俯いた華奢な肩が、かすかに震えている。夢のせいで心細いのだろう。

(ああ、そういえば……エドガルが教えてくれたな)

『今でこそ王女然としてとても淑やかな子になったけれどね。幼い頃は甘えん坊で、怖い夢を見た、一人は寂しい、などと言っては、私や両親のベッドに潜り込んできたんだよ』

――エドガルとの会話を思い出し、ギルベルトはふ……っ、と淡い微笑を浮かべる。

自分の理性が試されていると思いつつも、言わずにはいられなかった。

「……リーゼロッテ姫。今夜は一緒にベッドで眠ってもいいだろうか」

「……え……?」

「情けないことに連日ソファで眠っていたら、身体が痛くなってしまった。あなたには何もしないと誓う。だから今夜だけ、一緒に眠らせてもらいたいのだが……」

「そ、それならばもっと早くに言ってください。それに今夜だけなんて……毎晩ベッドで眠ってください。ここはギルベルトさまのお屋敷なのですから」

リーゼロッテが申し訳なさげに言って掛け布を捲り、ギルベルトの入る場所を空けてくれる。結構大胆なことをしているのだが、それに気づいてはいないようだ。

妙な鼓動の高まりを実感しながらも、ギルベルトはリーゼロッテの隣に潜り込む。リーゼロッテが掛け布を肩まで引き上げてくれた。

(隣に……あなたが、いる……)

リーゼロッテも再び横たわった。こちらが緊張していることが伝わらないように、なるべく平然を装う。

一度目が覚めてしまったことで眠れなくなったのか、リーゼロッテはすぐに寝入る様子はない。ギルベルトは彼女を驚かせないように気をつけながら、傍にある手を握り締めた。

突然手を握られて、リーゼロッテがびくりと身を震わせる。

「嫌な夢を見たら、また私が起こしてあげよう。だから安心して眠って欲しい」

「……ギルベルトさま……」

リーゼロッテの声がかすかに震えている。ギルベルトは堪らなくなってリーゼロッテに勢いよく向き直り、その身体を包み込むように抱き締めた。

「……ギルベルトさま……!?」

「ここには私とあなたしかいないと言ったはずだ。泣きたければ泣いてくれて構わない。私は何も見なかったし、何も聞いていないから」

「……っ」

張り詰めた何かが切れたのか、リーゼロッテがぎゅっと胸元にしがみついてくる。柔らかい華奢な身体がこれ以上はないほど近くに感じられて一瞬身を強張らせたものの、すぐに自分の胸元に涙の雫が落ちるのを感じ取った。

子供のように声を上げるのを堪え、リーゼロッテはギルベルトの胸元に額を押しつけて小さく身を震わせている。

劣情は、すぐに消えた。代わりに愛おしさが湧き上がり、もっと自分の温もりが伝わるようにさらに強く抱き締め直す。

耳元に唇を寄せ、ギルベルトは安心させるように優しい声で言った。

「大丈夫だ、姫。大丈夫だ……」

リーゼロッテはギルベルトの胸に顔を埋めて、小さく頷く。きっと気休めでしかないとわかっているが、それでも彼女の心が少しでも軽くなるといいと、囁き続ける。

しばらくすると、リーゼロッテの嗚咽が消えた。

見下ろせば、ギルベルトの寝間着の胸元をぎゅっと右手で握り締めて眠っている。泣き疲れたようだ。

目元に涙の痕が残っていて、痛ましい。ギルベルトはそこに優しく唇を押しつけて、まだ残っている涙の雫をそっと拭った。


「ギルベルトさま、リーゼロッテさま。お目覚めでございますか？」

扉をリズミカルにノックする音とともに、使用人の呼び声が届く。リーゼロッテは呼び声に促されるまま瞳を開いた。

いつもは使用人が呼びに来る前にギルベルトが目を覚ましてリーゼロッテを起こしてくれるのだが、今朝はどうしたのだろう。

（……このお屋敷に来て、初めて深く眠ることができたような気がするわ……）

すっきりとした目覚めはギルベルトのおかげだ。優しく抱き締めてくれる温もりが心地よく、どんなことからも守ってもらえる感じが強くした。

泣きながら眠ってしまうなんてと少し気恥ずかしくなりながらも、リーゼロッテは身を起こし、ギルベルトに呼びかけようとする。だがその声は、驚きに呑み込まれてしまった。

ギルベルトが抱き枕よろしくリーゼロッテの身体を抱き締めている。

（――これは一体どういうこと⁉）

ギルベルトはリーゼロッテの首筋に顔を埋めるようにして、よく眠っている。規則正しい寝息が時折首筋や耳朶に触れて、リーゼロッテは小さく身を震わせた。

全身にギルベルトの両腕が絡みついて密着しており、柔らかな胸の膨らみが彼の頼り甲斐のある胸元で優しく押し潰されている。

何もされていないことはわかっていても、男性経験がないリーゼロッテにはあまりにも刺激が強すぎた。真っ赤になり慌てて抱擁から脱出しようとするが、びくともしない。

（ど、どういうことなの⁉　別に苦しいわけでもないのに……まったく動かないなんて‼）

体格差と力の差を教えられたような気がして、焦る。

使用人たちは返事がないことを心配したのか、遠慮がちに扉を開けて寝室に入ってきた。

「失礼いたします、ギルベルトさま、リーゼロッテさま。朝のお支度に参り……」

入ってきた三人の使用人は、ベッドの中で抱き合っているリーゼロッテたちの姿を認めると、動きを止めた。リーゼロッテは慌ててギルベルトの身体を揺さぶる。

「ギルベルトさま、起きて……起きてください……！　あの……っ」

「……う、ん……もう少し……いいだろう……？」

を嗅ぐ。ギルベルトはリーゼロッテの身体をさらに抱き寄せ、髪の中に顔を擦りつけながら匂い

寝ぼけているのか、それともまだ夢の中なのか。夢だとしたら一体どんな夢を見ているのか。

「……あなたは……いい匂いだ……」

「……っ!?」

すんすんと鼻を鳴らしながら、さらにきつく抱き締められる。薄い寝間着越しにギルベルトの身体がはっきりと感じられ、リーゼロッテはさらに耳まで赤くして身体を強張らせた。

「大変失礼いたしました。また改めて参ります」

使用人たちはすべて納得したかのような笑みを浮かべて礼をし、退室した。

(え……待って……!!)

完全に誤解されている。いや、この場合はこれでいいのかもしれないが、寝ぼけているギルベルトに今以上のことを——昨日のようなくちづけをされたら、どうしたらいいのかわからない。

とにかく起きてもらわなければと、ギルベルトの腕の中で顔を上げる。

「ギ、ギルベルトさま……起きてください。もう朝ですから……」

「……ん」

ギルベルトの瞳が薄く開く。そして唇に柔らかくくちづけられた。

（え……え……っ⁉）

ちゅっ、ちゅぅっ、と軽く音を立てながら啄まれたあと、唇が食むように動いてリーゼロッテの唇を押し開く。突然のくちづけに何かを思うより早く、口中にギルベルトの舌が押し入ってきた。

「……んん……っ‼」

入り込んできた舌は、中の熱を確認するかのように止まったあと——容赦なく動き始める。

「……あ……ふぁ……ん、んぅ……っ！」

口中を掻き混ぜるように舌が歯列をなぞり、頬の内側をつつき、舌の裏側を舐め擽ってきた。昨日と同じように求める気持ちを隠さない舌の動きに翻弄され、リーゼロッテはきつく目を閉じてされるがままになるしかない。

このくちづけは駄目だ。頭が蕩けてすぐに身を委ねてしまう。今はギルベルトを起こさなければならないのに、それすらできなくなってしまう。

「ギル……ベルトさま……んぅ……っ」

ギルベルトの舌が絡みつき、強く吸い上げる。舌の根が痺れるような甘い刺激にリーゼロッテは身を震わせ、本能的に逃げ腰になった。

ギルベルトが熱い息を吐きながら、リーゼロッテの舌を引き出し、舌先を甘噛みする。

「……ふぅ……んぅ！」

「……ああ、可愛い声だ……もっと、聞きたい。どうしたら聞かせてくれる……？」

うっとりとこちらを見つめてくる濃茶色の瞳には、リーゼロッテに向ける溢れんばかりの愛情が見て取れる。愛される喜びに心が蕩けそうだ。

（でも……まだそれに身を委ねていいのかどうかは……）

「……あ……っ？」

ギルベルトがリーゼロッテの耳朶にくちづけながら、腰に絡めていた手を胸元に伸ばしてきた。薄い夜着越しにギルベルトの手が胸を包み込んでくる。

帝国軍を指揮する手は大きく、骨張っていて、少し硬い。触れられてビクリと肩を震わせると、ギルベルトが手を離した。

だがその手はすぐ、リーゼロッテの胸の膨らみを飢えたように撫で摩ってくる。

「……あ……ギルベルト、さま……いけま、せん……っ」

舌が耳殻を舐め、大きな手が感触を確かめるかのように胸を揉み込んでくる。

「……柔らか、い……ふわふわだ……」

耳元で感慨深げに呟かれ、リーゼロッテは羞恥に肩を竦めた。

ギルベルトが尖らせた舌先を耳中に潜り込ませてくる。ぬちゅぬちゅ、と唾液が絡む音が体内に染み込んでくるようで、リーゼロッテはギルベルトの寝間着の胸元をきつく握り締めて身を震わせた。

「……可愛い……可愛いな、リーゼロッテ……あなたは食べてしまいたくなるほどに可愛い……」

乳房を揉みしだく動きは、リーゼロッテの反応に煽られたかのように強さと激しさを増してきた。

(ああ……どうしてなの。ギルベルトさまに触れられると……もっとして欲しいと思ってしまう……)

「……あ……あぁ……ギルベルト、さま……駄目……」

下から押し上げるようにして揉みしだかれ、捏ね回される。甘い疼きが下腹部を中心として全身に広がっていき、胸の先端がゆっくりと起ち上がってくるのがわかった。

自分の身体がとてもいやらしく変化していく。それが彼に知られたらと思うと、怖くなる。リーゼロッテは何とかギルベルトの胸に両手を置き、渾身の力を込めて押しのけた。

「……駄目……です、ギルベルトさま……っ！」

ようやく意識がはっきりしたのか、ギルベルトがリーゼロッテの胸に手を置いたまま動きを止めた。自分を落ち着かせるように深く息を吐いてから、そっと身を離す。

「……リーゼロッテ……姫……？」

この場合どういう返事をすればいいのかわからなかったが、リーゼロッテはとりあえずいつも通りを心がけた。ギルベルトは寝ぼけていただけなのだ。

「……お、おはようございます、ギルベルトさま……そ、その……朝になったので、起きないと……」

「あ、ああ……あっ⁉」

ギルベルトが小さく頷いて身を起こそうとする。直後、自分の手がリーゼロッテの胸を包み込んでいることに気づき、転がり落ちる勢いでベッドから飛び出した。

「私は！　君に何かしたのか⁉」

不埒なことをしたのではないかと、ギルベルトの顔は罪悪感に青ざめて強張っている。その申し訳なさげな顔を見てしまうと、何もなかったことにしておいた方がいいと思えた。

リーゼロッテは安心させるように微笑んで言った。

「何もありませんでした。その、私が身じろぎしたときに、たまたまギルベルトさまの手が胸に置かれてしまっただけなので……」

「……本当だな？　何もしていないな⁉　君の嫌がることは何もしていないか⁉」

「はい、していません」

（……嘘、ではないわ。私……ギルベルトさまに触れられて、嫌ではなかったから……）

心の中で何とも言えない気恥ずかしい気持ちになりながらも、リーゼロッテは頷く。ギルベルトが両手で顔を覆い、深く嘆息した。

「そうか……良かった……すまない、少し頭を……冷やしてくる……！」

どこかおぼつかない足取りで、ギルベルトは寝室から出て行く。取り残されたリーゼロッテは室内に一人きりになってから、ギルベルトと同じように両手で顔を覆った。

全身に残っているギルベルトの温もりと愛撫の余韻が、恥ずかしくて堪らない気持ちにさせる。使用人たちが再びこちらに戻って来るまでに頬の熱が消えているかどうか、はなはだ疑問だった。

寝室から逃げ出したギルベルトは、ガウンも羽織らず、洗面所に向かった。途中で使用人たちに声を掛けられたが、それに応えられる余裕がまったくない。

ギルベルトは真っ直ぐ洗面台に向かい、顔を洗うために汲んであった水差しを摑んだ。そして中身を勢いよく自分の頭に掛ける。

ひんやりとした水の感触が、頭から首筋へ、そして肩へと伝わっていく。ギルベルトは水差しを置き、濡れたままで俯いた。

自然と手が上がり、リーゼロッテの乳房の柔らかさを思い出すかのように緩く握り締められる。

(……柔らかかった……すごく……!!　あんなに柔らかくていいのか……!?)

頬に再び熱が生まれる。ギルベルトは新たな水を頭から掛けようとして水差しが空であることに気づき、深く嘆息した。

第四章　あなたでなければ駄目

ギルベルトのもとに身を寄せてから二週間ほどが経ったが、アルティナ王国について新しい情報はもたらされなかった。このままで本当に大丈夫なのかという心配と、自分で動けないことの焦りが、リーゼロッテの気持ちを改めて鬱屈とさせた。

ギルベルトの邪魔をするつもりはないが、あまりにも状況が見えてこないために不安は強まる一方だ。何かいい方法はないだろうかと思案してみるものの、良策が思いつかない。

オスカーからさりげなく王国の情報を聞き出そうとしても、彼はギルベルトに教えてもらえること以上は話さない。情報を集めるために自分の手足となる部下がいてくれたらいいと思うものの、今のリーゼロッテはギルベルトの保護下にあり、自由に扱える人材はいない。

ましてや周囲には彼の愛人と思わせているのだ。そんな自分が情報集めなどすれば、これまで以上の疑惑を掛けられてしまうのは間違いない。

八方塞がりだ。

気遣い続けてくれるギルベルトに心配を掛けまいと普段通りを心がけてはいるものの、一人になれば溜め息が多くなっていた。

さらに気になるのは、ギルベルトのことだ。

(あの朝から……ギルベルトさまが少しよそよそしくなったような……)

使用人たちが見ている前では、リーゼロッテを抱き寄せ、時折頬や髪にくちづけてくる。一見するとお気に入りの女性を侍らせているように見せて、配慮してくれている。

だがあれ以降、一緒にベッドで眠ることは、頑なに断られていた。

「理性が保てるかわからないから、絶対に駄目だ」

そう言ったギルベルトのどこか鬼気迫る雰囲気に呑まれ、リーゼロッテはそれ以上強く提案することができなかった。

ギルベルトの身体を心配していることはもちろんだったが、その一方で、不安になったときや心細くなったときに無性に彼の温もりが恋しくなって、困ってしまう。

ギルベルトは演技以上の触れ合いをしてこない。それが思った以上に寂しかった。

気づけばこんなにもギルベルトに甘えきってしまっているのだと思い知らされたようで、溜め息を吐いてしまう。

――ふと、午後の茶の時間がもうすぐだと気づく。

茶の差し入れは、あれから続いていた。そして執務室で短い休憩時間を一緒に過ごすようになっていた。

周囲には、そんな時間もギルベルトがリーゼロッテを可愛がっている証のように見えるらしい。

いつも通り執務室を訪れると、ギルベルトは机の引き出しから小さな箱を取り出し、リーゼロッテに渡してくれた。

中にはデイジー、薔薇、菫などの花の形を型抜きしたチョコレートが詰め合わせてある。色合いも考えられているようで、ホワイト、ミルク、ストロベリーのチョコレートで作られた、リーゼロッテの目を楽しませてくれる菓子だ。

「まあ、可愛い……！」

「最近話題の商品だそうだ。女性に人気があると聞いたから取り寄せてみたんだが……喜んでもらえたようで良かった。外に出掛けることもできないから、少しでも心の慰めになればいいいと思って」

ギルベルトの気遣いが嬉しくて、リーゼロッテは笑う。

「ありがとうございます。食べるのがもったいないほど綺麗ですね」

「いや、食べてくれ。せっかく取り寄せたんだ。腐ってしまうぞ」

そんなにすぐに傷むものではないのだが、ギルベルトは神妙な顔で言ってくる。リーゼロッテはさらに笑い、ここは遠慮なく食べることにした。

ホワイトチョコレートの薔薇を摘まみ取って口にする。口溶けが滑らかで、濃厚な味が大人びていて美味しい。

ギルベルトがどこか緊張した表情で、リーゼロッテの反応を窺った。

「どう、だろうか？」

「とても美味しいです！　濃厚な味で……口溶けも良いです。ギルベルトさまも食べてください」

「いや、それはあなたのために買ったものだ。あなたが全部食べてくれていい」

ギルベルトの気持ちは嬉しいが、これを独り占めするのはもったいない。きっと一緒に食べたらもっと美味しくなるはずだ。

「美味しいものは、皆で分け合うともっと美味しく味わうことができます。甘いものが苦手でないのでしたら、ぜひ、私と一緒に食べてください」

ギルベルトは愛おしげに瞳を細めて微笑む。

「では……そうだな。あなたと同じものをいただこうか」

リーゼロッテは頷き、薔薇のチョコレートを摘まみ取った。左手を添えながら口元に差し出すと、箱に手を伸ばしかけていたギルベルトは、そのままの格好で動きを止めてしまう。

（わ、私ったら、つい……！）

ハッと我に返ったときにはもう遅い。それだけギルベルトと一緒にいることが自然になってきたということなのだろうか。

「……申し訳ありま、せ……」

慌てて手を引っ込めようとしたが、ギルベルトが勢いよくチョコレートに食いついてきた。あまりにも勢いがついていたせいで、リーゼロッテの指ごと咥えてしまったほどだ。

「……っ!?」

指にギルベルトの熱が伝わってきて、リーゼロッテは目を瞠る。ギルベルトは舌でチョコレートを口中に招き入れると、頬を赤らめながら身を起こし、むぐむぐと口を動かした。

（ま、まさかギルベルトさまがこんなことをしてくださる……なんて……っ）

妙に気恥ずかしくなりながらも、リーゼロッテは問いかけた。

「お、美味しい……ですよね……？」

ギルベルトが口を右手で覆い、低く呟く。

「た、多分……美味いんだろうな……すまない。味はよくわからなかった……」

何とも照れくさい沈黙が漂い、互いに目を逸らして顔を赤くする。誰かここに来てくれないだろうか。

「──ギルベルトさま、よろしいでしょうか」

絶妙なタイミングで扉がノックされ、オスカーの声が届いた。ギルベルトが慌てて声を上げる。

「あ、ああ、どうした、オスカー」

扉を開けたオスカーはリーゼロッテたちの姿を見たあと、くるりと背を向けた。

「お邪魔をしてしまい、大変失礼しました。またあとで参ります」

「いや、気にするな！　何だ、急に!!」

「邪魔などではないから安心して、オスカー!!」

自分たちはオスカーの目にどのように映っていたのだろう。オスカーはリーゼロッテたちに苦笑めいた笑みを浮かべ、前に歩み寄った。

「ギルベルトさま、ケヴィンさまからお手紙が来ております」

「ケヴィンから……？」

ギルベルトが警戒するように眉根を寄せる。リーゼロッテも緊張した。

思い出されるのは、皇帝アンゼルムと謁見したときのやり取りだ。

ケヴィンは明らかに自分を疑っている。そのうえギルベルトも皇帝を裏切っているのではないかと思っているはずだ。

（あのときは、私を欲しいとギルベルトさまが仰ったことで、ひとまずは収まったけれど……）

ケヴィンの疑惑を完全に拭い取ったわけではないだろう。

二人のやり取りを見ている限りでは、ケヴィンはあまりギルベルトに好意的ではない感じだった。それも、疑惑を強めている一因かもしれない。

オスカーから手紙を受け取り、ギルベルトは封を開ける。仕事のことならばここにいない方がいいと判断し、リーゼロッテは退室すべくソファから立ち上がった。

だが手紙を読んでいたギルベルトが、難しい表情でリーゼロッテを呼び止めた。オスカーとともに訝しげに見返すと、ギルベルトは溜め息を吐く。

「ケヴィンから懇親パーティーの誘いが来た。リーゼロッテ姫もぜひ一緒に来て欲しいとのことだ」

「私もですか……？」

何か裏があるのではないか。

行きたくないと言えば、ギルベルトは無理強いしないだろう。だが誘いを断れば、ケヴィンに再びあらぬ疑いを掛けられるかもしれない。

リーゼロッテが思い悩む表情を見せた直後、ギルベルトがオスカーに言った。

「断りの返事を出しておいてくれ」

「……！　私、ご一緒させていただきます」

リーゼロッテは慌てて言う。ギルベルトはしかし首を横に振った。

「嫌な思いをしてまで出るパーティーではない」

ギルベルトの声は優しい。その気遣いを嬉しく思いながら、リーゼロッテは続けた。

「ケヴィンさまは私たちのことを疑ったままだと思います。これ以上ギルベルトさまにあらぬ疑いを掛けられるのは嫌です。私が同行することでそれが少しでも避けられるのでしたら、ご一緒させてください」

ギルベルトの声は渋い。

「パーティーとなれば、あなたを好奇の目で見る者が多く集う。侮辱する者も出てくるかもしれない。あなたが辛い思いをするのは、私が嫌だ」

「ありがとうございます。でもギルベルトさまがご一緒してくださるのならば、私は大丈夫です」

ギルベルトはなお渋っている。どう言えば納得してくれるか考えあぐねていると、オスカーが助けてくれた。

「こちらのパーティーに参加されるとなれば、久しぶりに着飾ったリーゼロッテさまを拝見することができますね」

「……む……」

ギルベルトが腕を組み、眉根を寄せた。しばらく考え込んだあと、観念したように頷く。

「……着飾ったあなたの美しい姿は、見たい……」

ぽそりと呟かれた言葉は、完全な独白だ。そんなことを楽しみにしてくれる。リーゼロッテは甘い気恥ずかしさを覚え、俯きながら頬を赤くした。

軽く咳払いをしてからギルベルトが言う。

「わかった。では参加するように返事を出しておいてくれ」

「承知いたしました。明日にでも仕立屋と宝飾屋をお呼びいたします」

オスカーは満足げな笑みを浮かべて退室した。ギルベルトがリーゼロッテの傍に歩み寄り、まだ心配そうな表情で言った。

「嫌な思いをしたら、すぐに帰ることにしよう。それでも構わないか？」

「もちろんです」

ならば自分次第で、長くパーティーに参加できる。ケヴィンの思い込みを少しは解くことができるだろう。

同時に、ある期待もしていた。

(外の情報を得ることができる……)

ギルベルトに守られているこの屋敷の中では、リーゼロッテが欲しい情報はほとんど手に入らない。時折使用人たちから漏れ聞くことがあっても、噂話以上のものではなかった。

王国や兄の行方がどうなっているのかをギルベルトに聞いても、彼は申し訳なさげな顔でまだ教えられるほどのことはないと言うだけだった。

（そんなことはないと思いたいけれど……わざと、私の耳に入らないようにしている、とか……）

ギルベルトの優しさを疑ってしまう自分に嫌悪しながらも、進展しない現状に焦れているのも確かだ。このパーティーで少しでも前向きになれたらと、リーゼロッテは思った。


オスカーが手配してくれた仕立屋と宝飾屋により、リーゼロッテのドレスは大急ぎで仕立てられ、一週間後のパーティーの日には美しいラベンダー色のドレスができあがった。

チュールとレースをふんだんに使った袖なしのドレスは、まるで妖精を連想させる軽やかなもので、リーゼロッテのストロベリーブロンドをよく映えさせた。背中がV字に大きく開いているが、その部分は肌を見せないようレースで覆われている。ラベンダー色が桃のようにみずみずしい肌を際立たせていた。

ギルベルトはあまり露出を好まないらしく、同じラベンダー色の長手袋を用意された。腰は飾りリボンできゅっと締められ、後ろで羽のように結ばれている。

可愛らしいデザインだが、子供っぽくはない。

（本当はこういうドレスが好きなの……）

王女として他国の来賓の前に出るときなどは、大人っぽくするように心がけていた。兄をまだ若き王として見下す者もいる。それなのに妹も子供っぽいとなれば、エドガルに何か言う者もいるかもしれないと思ってのことだった。

ギルベルトは黒一色で統一された礼服を着ている。いつもと同じデザインだったが、今夜はパーティーの華やかさに合わせて、銀鎖で繋がれたブローチを着けていた。リーゼロッテのドレスの色と合わせた、大ぶりの明るいアメジストがはめ込まれたブローチだ。

白手袋を着け、先端につばのある礼帽を被った凛とした立ち姿に、改めて見惚れてしまう。

ギルベルトはリーゼロッテの着飾った姿を見ると、嬉しそうに瞳を細めた。

「とてもよく似合っている」

「子供っぽくは……ありませんか？」

「まったく思わない。あなたは綺麗だ。私としては可愛らしい姿の方も好きだけれど」

ドキン、と胸がときめくのは、ギルベルトが自分に向ける好意を隠さないからだ。素直に応えたいが、応えていいのかどうかまだ躊躇(ためら)いがあった。

ギルベルトとともに、馬車でケヴィンの私邸へ向かう。

皇帝の傍近くに仕える貴族たちは、基本的に城のある首都にそれぞれ屋敷を持っている。別途身分に見合った領土が与えられるが、そこに帰るのは大抵は休暇の時期になるらしい。

馬車の中で、ギルベルトが妙に真面目な顔でリーゼロッテに言った。

「――リーゼロッテ姫。今夜はあなたを私の恋人として扱う」

(恋人)

言われた言葉はリーゼロッテの鼓動を大きく跳ねさせた。

「……あ、あの……ですが、私はギルベルトさまの愛人……ですよ……?」

「愛人だろうが恋人だろうが、私にとっては同じことだ。どちらも私が愛を与える女性だろう?」

愛人と恋人ではだいぶ違うような気がするが、ギルベルトらしいとも思う。そんなことは絶対にないだろうが、愛人を持ったとしても正妻と同じく大事にするのだろう。

他愛もない想像のはずだったのに思った以上に胸が痛み、リーゼロッテは息を詰める。

ギルベルトが心配そうに見返した。

「やはり気乗りがしないか。帰ろう」

「……い、いいえ！　大丈夫です」

リーゼロッテは慌てて首を振り、痛みを忘れようとする。

ギルベルトが自分以外の女性に興味を持つ――そのことに傷つくのは、今の自分には許されていない。彼の真摯な想いに、まだ疑いを持ってしまっているのだから。

ギルベルトの屋敷ほどではなかったものの、ケヴィンの私邸も大きかった。外観も内観もずいぶんと豪奢な造りをしている。彫刻や絵画もやたらと飾られている印象があった。まるで財力を周囲に見せつけているように思える。

ギルベルトはリーゼロッテの腰に片腕を回して抱き寄せ、使用人が案内してくれた広間へ入った。

立食式らしく、壁際に置かれているいくつもの丸テーブルには、飲み物やデザート、美味しそうな匂いを漂わせている料理が用意されていた。広間の下座では演奏者たちが四重奏を披露している。

煌びやかなシャンデリアの下、招待客たちが華やかな装いで談笑していた。だがギルベルトがやって来たことに気づくと空気が凍りつき、リーゼロッテを見ながらひそひそと何かを囁き合う。

リーゼロッテには届かない声だったが、それでも何を言われているのかは容易く想像できた。

（ギルベルトさまの愛人として……蔑まれている……）

好奇と侮蔑と嘲笑の密やかな攻撃は、予想以上に胸に刺さった。これならば面と向かって悪意をぶつけられた方がよほどましだと思える。

一瞬足が竦んで動けなくなってしまい、リーゼロッテは顔を強張らせた。ギルベルトが背中を優しく撫でてくれながら言う。

「大丈夫だ。私がいる」

見返せば、ギルベルトは温かい微笑を浮かべて強く頷いてくれた。その笑みがとても頼もしい。

（そうよ。ギルベルトさまがいてくださるから大丈夫）

リーゼロッテが笑顔を返して頷くと、ギルベルトは不意に上体を倒して前髪の辺りにくちづけた。

「……っ⁉」

リーゼロッテも驚いたが、こちらの様子を窺っていた貴族たちも驚いて目を瞠る。ギルベルトはリーゼロッテの身体を改めて抱き寄せると、何事もなかったかのように広間の奥へ進んだ。

知り合いの貴族たちと話をしているケヴィンを見つけ、そちらに歩み寄る。二人に気づいたケヴィンが軽く片手を上げげた。

「やあ、来たんだ」

「お前が呼んだんだろう。乗り気ではなかったんだが」

ケヴィンと話をしていた貴族たちが、ギルベルトに挨拶してきた。

リーゼロッテはスカートを摘まんで腰を落とし、ケヴィンに礼をした。

「お招きありがとうございます」

「うん、楽しんでいって。私の友だちはおしゃべり大好きな人が多いから、色々な話を聞けると思うよ。姫もずっとギルベルトの傍にいると、息苦しくなってしまうだろうし」

「そんなことは……いつもギルベルトさまのお傍に置いていただけて、感謝しかありません」

社交的な笑みを浮かべて答えると、ケヴィンはどこか面白がるように鼻を鳴らした。そしてギルベルトへと目を向ける。

「気乗りしないんだったら、来なければいいのに。いつも私の招待には適当な理由をつけて断るのに、今夜はどうしたんだい」

「私のリーゼロッテを他の男の目に晒すのが嫌だったが、彼女の美しくも愛らしい姿を見せびらかしたい気にもなってな」

本当に演技なのかと疑ってしまうほど、当然のようにギルベルトは言う。

リーゼロッテはもう少しで羞恥で口元をひくつかせてしまうところだった。……多分、顔は赤くなっていないはずだ。

「ふーん……君は姫に首ったけなんだね。……これはすごい、すごいよ！」

感心したように言いながら、ケヴィンは両手を叩く。そしてすぐににやりと口元を歪めた。

「女にまったく興味のなかった君をそれだけ骨抜きにするということは、姫は相当男を落とす手練手管に長けているんだね。私もあやかりたいなぁ」

リーゼロッテは屈辱感に内心で唇を強く噛みしめたものの、表情には出さない。このくらいで傷ついたり怒ったりしては駄目だ。

だがギルベルトの方はそうではなかったらしい。無言のまま底光りする瞳でケヴィンを見据えたあと、おもむろに片手を上げ——そして勢いよくケヴィンの首に手刀を振り下ろした。

あまりにも急だったため、ケヴィンは避けることすらできない。

「ギルベルトさま……!?」

思わずリーゼロッテはギルベルトにしがみつき、制止しようとする。その程度では止まらないとわかっていたが、何かせずにはいられなかった。

ギルベルトはケヴィンの肌に触れる直前で、手刀を止めていた。リーゼロッテと周囲にいた貴族たちは、思わず安堵の息を吐く。

ケヴィンが顔を顰めた。

「……ねえ、ギルベルト。今、本気だったよね？　本気だったよね!?　私を殺す気だったんだ!?　君と立場は違えども……陛下の側近である私を!?」

「そんなわけないだろう。ただ、私のリーゼロッテに失礼な物言いをしたから腹が立っただけだ。以後、気をつけろ。次は失神させるぞ」

ケヴィンが地団駄を踏みそうな勢いでギルベルトを睨みつける。ギルベルトはケヴィンへの興味を失ったかのようにふいっとそっぽを向き、リーゼロッテを連れてダンスの輪に入った。

ギルベルトのリードを受けて踊りながらも、リーゼロッテは問いかける。

「ギルベルトさま……あれでよろしいのですか？」

「いい。あなたに失礼な物言いをした仕置きとしては、ぬるいくらいだ」

ギルベルトはしかめっ面で言う。リーゼロッテはその素直な態度に思わず微笑を零した。

「怒ってくださってありがとうございます」

「当然だ。あなたに嫌な思いをさせる奴は、できれば斬り捨てたいところだ……」

「そ、それはやり過ぎです」

ギルベルトが微苦笑し、ターンのためにリーゼロッテの細腰をぐっと強く抱き寄せた。

あまりの力強さに驚いて思わず見上げた唇に、ちゅ……っ、と触れるだけのくちづけが与えられる。

（え……っ⁉）

すぐに次のステップに移ったため、くちづけはほんの一瞬だ。だが方々から注目を浴び

ていたのだから、見ている者も多かっただろう。

「……い、今……のは……」

「……今夜はあなたを私の愛する人として扱うと言っただろう。私は愛しい人が傍にいたらいつでも触れたいし、くちづけたいし、抱き締めたい……」

ギルベルトの声が、低く熱くなる。リーゼロッテは目元を赤くした。

(そ、それってこういうことだったの……!?)

言葉通りにされてしまったら、心臓が保たない。

「ど、どうかお手柔らかに……お願いします……」

俯き加減で言ったリーゼロッテの右耳に、ギルベルトが頬を寄せて、くちづけた。その様子を、少し離れたところでケヴィンが面白くなさげに見つめていた。

あまり華やかな場に出ることを好まないギルベルトと少しでも繋がりを持とうと、話しかけようとする者は男女問わず多かった。同時にギルベルトの愛人となっているリーゼロッテにも好奇心を抑えきれずに声を掛けてくる者もそれなりにいて、気づけば彼とは離されてしまっている。

それでも姿を追い求めれば、すぐにギルベルトが気づいて目が合った。

優しく愛おしげな笑みをその都度見せてくれ、思わず頬が赤くなってしまう。自分を気にしてくれているとわかって、何だか心が擽ったかった。

ギルベルトが見守ってくれていることで安心し、好奇の目や露骨な会話などに関しても、さほど心は痛くならなかった。委縮せず一国の王女として会話する姿を、見直しているような者もいた。

自分から積極的に会話はしなかったが、投げかけられた言葉や声には丁寧に応えた。そうやって少しでもアルティナ王国の現状がわかればいいと思ってのことだ。

だが彼らの会話を聞いていても、リーゼロッテが知る以上の情報はなかった。

王国はギルベルトによって厳重な管理下に置かれ、民は疑惑がはっきりとするまでは奴隷扱いされることもない。ただ、反抗者たちは存在するため、彼らが武力行使に出ないよう、帝国軍による警戒が行われているという。

とはいえ帝国に保護されたリーゼロッテの身を案じて無謀な動きに出る者がほとんどなく、帝国軍が実力行使で止めなければならないような大きな事件は起こっていないとのことだ。思った以上に国内は安定している。

相変わらずエドガルの行方は摑めていない。ギルベルトたちが全力を挙げて捜しているというのに、今になっても行方不明ということはあるのだろうか。

会話がひと区切りすると、ギルベルトが傍にやって来た。同時に、ケヴィンも近づいてくる。

ギルベルトがリーゼロッテを抱き寄せる。

近くにいた貴族の一人が、不思議そうに問いかけた。

「しかし、閣下がこれほど手を尽くしているというのにエドガル王が未だ見つからないというのも、不思議議です」

ケヴィンがすかさず会話に乗ってきた。まるでこの話題を待っていたかのように見えたのは、気にしすぎだろうか。

「ギルベルトはエドガル王と、友人付き合いをしていたんだよね？」

「そうだな。だが他国の王だ。お前が思っているほど親密な関係というわけではないぞ」

傍にいる貴族たちに変な疑いを掛けられないようにするためか、ギルベルトは淡々とした口調で答える。ケヴィンが鼻白んだ。

「友人関係だからって手抜きしているわけじゃないよね？」

「それはない。……お前、どうして私に何かと突っかかってくるんだ？」

今度はギルベルトが鋭く切り返す。この会話のきっかけを与えた貴族が言った。

「王国には我が軍が介入しているのに、一体どこに隠れているのか……」

「誰かが手引きしているのかもしれないよね？」

「……帝国内に裏切り者が……⁉」

ケヴィンの誘導するような言葉に、リーゼロッテは眉根を寄せる。反論したい気持ちをぐっと堪え、無言のままでいた。

(ここには伯爵以外にも人が大勢いるもの。下手に反論して目立ってしまってはいけないわ)

貴族の中の何人かが、リーゼロッテをチラリと見た。目が合うと、慌てて顔を背ける。

……手引き者は自分だと思われているようだ。

ここは一度、この場から離れた方がいいかもしれない。

「……ギルベルトさま、私……化粧室に……」

そっと呼びかけると、ギルベルトは小さく頷く。リーゼロッテの意図に気づいてくれたようだ。

「わかった。気をつけてくれ」

リーゼロッテは柔らかな微笑を返す。ギルベルトから離れると、取り巻いていた貴族たちが声を抑えながらも言った。

「閣下、なぜあの姫を傍に置いているのですか。拷問でも何でもして、エドガル王の行方を吐かせるのがよろしいかと」

「彼女は何も知らない。それは私がきちんと確認している」

「どうだか……姫にメロメロになっていいように扱われてるんじゃないの？」

ケヴィンの言葉に貴族たちが沈黙する気配が伝わってきた。やはり自分はケヴィンには相当嫌われているらしい。

自分のせいでギルベルトが嫌な思いをしないよう願いながら、リーゼロッテは化粧室に向かった。

ちょうど化粧室には誰もいなかった。偶然とはいえ一人きりになれ、リーゼロッテは思わずほっと息を吐いた。思った以上に緊張していたらしい。

洗面所で手を洗って気持ちを切り替え、表情の確認をする。

自分よりもギルベルトの方が気疲れしているはずだ。せめて笑顔を絶やさないようにしよう。

気合いを入れて化粧室を出ようとしたところ、数人の女性たちが入ってきた。リーゼロッテは脇にどき、彼女たちに道を譲る。

化粧直しに来たらしい女性は、ポーチを持って洗面台に向かいながらこちらへと目を向け——ハッとした。

「あら……リーゼロッテ姫ではありませんか」

一人がリーゼロッテの名を呼ぶと、他の者たちの視線もこちらに向けられた。

全身に太い針が突き刺さるかのような好奇と侮蔑の視線に、リーゼロッテは吐き気を覚える。彼女たちもケヴィンと同じく、自分のことを良く思っていないらしい。

「ごきげんよう」

最低限の挨拶だけして立ち去ろうとすると、さりげなく出入り口を塞がれてしまった。これはそれなりに攻撃されることを覚悟しなければならないだろう。

リーゼロッテは踵に力を入れて、彼女たちを静かに見返す。

（怯えた顔を見せては駄目。怒りに任せても駄目。落ち着いて、落ち着いて……ギルベルトさまにこれ以上疑惑が向けられないようにしなければ……）

彼女たちはリーゼロッテに笑いかけた。だがその笑顔はとても好意的とは思えない。

唇は笑みを刻んでいても、瞳は笑っていなかった。

「ちょうどよかったですわ。私たち、ぜひ姫とお話をしてみたいと思っていましたの」

「そうでしたか。ですがここでは……広間には休憩できるところも用意されています。そちらでおしゃべりするのはいかがでしょうか」

一人で対応するにはここでは分が悪い。そう提案してみるものの、彼女たちは頷かなかった。

「あら、広間に戻ってしまったらゆっくり内緒話もできませんわ。何しろ姫はとても人気ですから」

その人気が好奇と侮蔑によるものだとはわかっている。リーゼロッテは嫌な予感を覚えながらも、笑顔を崩さない。

「内緒話……ですか？　難しいお話は苦手なのですけれども……」

「身構えるほどのことではありませんわ。ただ殿方には聞かれたくなくて……私たち、ぜひ姫にご教示いただきたいのです」

「……なんでしょう」

「――閨下を骨抜きにした方法です」

身もふたもない物言いに、思わず目を瞠ってしまう。そんなリーゼロッテの表情を楽しむように、彼女たちはクスクスと嫌な笑みを空間に広げていった。

「ギルベルトさまはね、不能ではないかと陛下が心配されるほど、女性に興味がないというか……苦手でしたのよ」

「それなのに姫を欲しいと仰り、愛人として自邸に囲われるなんて……一体どうされてしまったのか、何を血迷っているのかと、心配している声もありますの」

リーゼロッテは唇を緩く噛みしめる。やはり自分を保護したことにより、ギルベルトの悪い評判が立ち始めているのだ。

（彼女たちにどう言えば……）

現状では、こちらが何を言ったところで、納得しないだろう。だが何か言わなければ、ますます彼女たちを増長させてしまう。

せめてギルベルトが悪く言われないようにしなければ。

「ギルベルトさまは確かに私を愛人として囲ってくださっていますが、あなたがたが思うような関係からは程遠いと思います。私は……その……ギルベルトさまの、な、慰み者、ですから……」

ギルベルトが自分に愛情を持っていると思われてはいけない。リーゼロッテは何とも言えない複雑な心境で、自らの立場を相手に知らしめた。

彼女たちは少し驚いたように目を瞠ったものの、すぐに勝ち誇った笑みを浮かべた。

「ギルベルトさまはあなたを、性欲のはけ口にしていらっしゃるということですわね？」

「……そう、です」

「まあ……やはりそうでしたか。たまたまあなたの容姿と身体が、閣下の好みに合っていただけだと」

本当は違う。だがそれを今ここで言うことはできない。彼女たちが自分を女性としても人間としても見下しているとわかって胸が痛い。

（ギルベルトさまは、どのような理由があっても女性を――人を、物のように扱う人ではないのに……）

「リーゼロッテさま」

女性たちの中で、ひときわ華やかな印象を与える令嬢が、リーゼロッテの方に一歩踏み出してきた。視線の力が強く、少し圧倒されてしまう。

「リーゼロッテさまを間近で拝見するのは実は初めてなのですが、確かにギルベルトさまが性欲のはけ口にするに値する、美しい方だと思いますわ」

リーゼロッテは気づかれないように深呼吸し、笑顔を頬に貼りつける。

「何をおっしゃっているのかわかりません。……申し訳ありませんが、ギルベルトさまが待っているのでそろそろ解放していただけませんか？」

「慰み者のくせに、私たちに意見するの？」

思う通りの反応を返さなかったことが気に入らないのか、彼女たちはきつい口調で言い返す。

ある程度予想していたとはいえ、不安感が拭えるわけでもない。

今は、自分一人きりだ。ギルベルトがいないところでは、何をしてくるかわからない。

これ以上は何を言っても彼女たちの機嫌を損ねてしまうだけだろう。リーゼロッテは沈黙するが、結果的には怒りを誘うだけだった。

「あなたは単に物珍しいから相手にされているだけなのよ。たかが農耕国の野暮ったい姫に、ギルベルトさまほどのお方が夢中になるわけないでしょう。ていのいい性欲のはけ口になっているだけということを、もっと弁えるべきだわ！」

容赦のない侮蔑の言葉を与えられ、リーゼロッテは女の勘ですぐに理解した。

彼女たちなりにきっと様々なアプローチをしてきたが、実を結んでいないのだろう。

……そこに突然慰み者とはいえリーゼロッテが現れれば、恨みごとの一つも言いたくなる。

(反論……したいけれど……)

火に油を注ぐかもしれない。リーゼロッテは堪えた。

しかし反論しない態度が彼女たちの怒りを強めてしまったようだ。

「ねえ、私、良いことを思いついたわ」

一人が唇を歪めるようにして笑いながら、仲間に耳打ちする。

それを聞いた者たちは、名案だと褒めて笑みを交わし合う。その笑みがひどく残酷で、リーゼロッテの背筋に寒気が走った。

このままではいけないと本能的に悟り、リーゼロッテは笑みを浮かべたままさりげなく彼女たちの間をすり抜けようとする。だが両側から全員でしっかりと腕や肩を掴まれた。

「リーゼロッテさま、ねえ、面白い遊びを致しましょう」

「……何を……放して！」

彼女たちの中の一人が化粧室を出て行く。リーゼロッテは身を捩るが、さすがに数人で囲まれ身体を摑まれていては逃げられない。

「このパーティーには私たちのお友だちも呼ばれておりますの。彼らともぜひ遊んでくださいませ」

「お友だちって……」

先ほど出て行った女性が、戻ってきた。彼女たちは嫌がるリーゼロッテを引きずるように化粧室から連れ出し、廊下を進む。

リーゼロッテは抵抗を続けるが、やはり逃げられない。

自分はこれから一体どうなるのか。ここで大声を上げた方が良いだろうか。

躊躇うのは、ひとえにギルベルトの立場を考えてしまうからだ。下手に大事にして、ギルベルトの不評に繋がることは避けたい。

角を曲がると、前方に二人の青年貴族が待っていた。

流行だけを取り入れた派手な格好をして、あまり理知的な感じはしない。リーゼロッテの姿を認めると、興味深そうにじろじろと不躾な目を向けてくる。

言いようのない恐怖が足元から全身を這い上がってくる。彼女たちはリーゼロッテを二人の青年の方に押し出した。

突き飛ばされるような動きに、よろめく。青年の一人が、その身体を受け止めた。

「……なるほど。確かに閣下を惑わすいやらしい身体つきをしているな」

「……な……っ⁉」

そのままリーゼロッテの身体を腕の中に閉じ込め、ドレス越しとはいえ肩や背中や腕、腰を撫で回してきた。もう一人の青年は仲間を止めることすらしない。

「この女は閣下から引き離した方が良いと思いますわ」

「ご令嬢がた、感謝する。ケヴィンさまも、あなたがたの賢さを評価するだろう」

ケヴィンの名が出て、リーゼロッテは目を瞠った。彼らはケヴィンの部下なのか。

(このまま伯爵のもとに連れていかれてしまったら……!!)

彼のもとで、情報を吐けと拷問されるのだろう。いや、もしかしたらこの男たちに辱めを受けるかもしれない。

彼らから逃れようとするが、人数は減っても男女の力の差は歴然としていて無理だった。それどころか彼女たちよりも容赦がなく、まるで罪人のように引きずられてしまう。

彼女たちはリーゼロッテが連行されていくのを、クスクスと笑いながら見ているだけだ。目障りな存在がいなくなれば、彼女たちは女に目覚めたギルベルトの恋人、あるいは妻になるために、今夜の機会を逃さないのだろう。

(嫌……!)

リーゼロッテは夢中で青年たちの手を振りほどこうとする。王女らしからぬ必死な暴れように青年たちが驚き、苛立たしげに片手を上げた。

「この……おとなしくしろ!」

殴られる、とリーゼロッテは反射的に身を強張らせる。直後、青年が吹っ飛び、壁にぶつかった。

「……っ!?」

驚きに大きく目を瞠る。ギルベルトが怒りの息を吐き、青年に回し蹴りを食らわせた足を下ろした。

(ギルベルトさま……!!)

ギルベルトは間髪入れずに蹲った青年の腹部に踵をめり込ませる。

がはっ、と苦しげな息とともに胃液を吐いて、青年が失神した。死んだとでも思ったのか、令嬢たちが小さく悲鳴を上げ、走って逃げていく。

あまりにも突然の攻撃に茫然としたもう一人の青年を、ギルベルトが睨みつけた。怒りを宿した瞳に鋭く睨み据えられ、青年が身震いする。

「リーゼロッテを放せ」

「……か、閣下……これは、その……」

「放せと言っている!」

弾かれたように青年が腕を離すと、ギルベルトの右手がリーゼロッテの頭の脇を掠めて青年の喉を鷲摑んだ。そのまま息を止める勢いで締めつけていく。

束縛から解放されたリーゼロッテの肩を、ギルベルトの左手がきつく抱き締めた。ギルベルトの右手の力は弱まる気配を見せず、このまま絞め殺してしまいそうだ。

「ギ、ギルベルトさま……!! 私はもう大丈夫ですから……!!」

「駄目だ。この男は私のものに勝手に手を出した。規律を守るためにも罰を与えなければならない」

ギルベルトの指に、さらに力が籠もる。リーゼロッテが再度ギルベルトに温情を求めようとするよりも早く、青年が白目を剥いて失神した。

青年の身体をギルベルトはゴミでも扱うかのように壁に押しつける。そのままずるずると座り込んだ青年にはもう目も向けず、ギルベルトはリーゼロッテの身体を強く抱き締めて問いかけた。

「大丈夫か、何もされなかったか!?」

「は、はい……」

「良かった……」

ひとまず頷くと、ギルベルトは安堵の息を吐く。抱擁は緩まず、窒息してしまいそうだ。

「……ギ、ギルベルトさま……あの……っ」

「……すまない。もう少し……」

息苦しかったが身体の凹凸のすべてがぴったりと当てはまるような抱擁に、リーゼロッテは安心感を覚えた。

青年たちに身体を触られたときには怖気しか覚えなかったのに、ギルベルトの温もりは安心感と心地よさしかない。リーゼロッテは泣きそうな気持ちを呑み込み、ギルベルトの胸に自分からも身を寄せた。

しばしそうやって抱き合っていると、新たな声が投げかけられた。

「あーあ、どうしてくれるの。私の部下をこんなに容赦なく締め上げてくれちゃって……」

ギルベルトの腕の中で、リーゼロッテの身が震える。ギルベルトはリーゼロッテを守るようにさらに腕に力を込めながら、強い怒りを含んだ声で呼びかけた。

「……ケヴィン……っ！」

現れたケヴィンは悪びれた様子もなく、ギルベルトを見返している。

「お前が仕組んだのか⁉」

ケヴィンは困ったように肩を竦めた。

「人聞きの悪いことを言わないように。私はあのご令嬢がたがリーゼロッテ姫をあまりよく思っていないようだったから、注目してただけ。この状況を作ったのは私ではなく、あくまでご令嬢がただよ」

ケヴィンは、ふふ、と人を食ったような笑みを浮かべて答える。小さく息を呑んだギルベルトがケヴィンに摑み掛かろうとする気配を察し取り、リーゼロッテは慌てて彼の身体にしがみついた。

「お止めください。私は何もされませんでしたから……っ」

「だが！」

「……少し疲れてしまいました。私、帰りたいのですが……」

リーゼロッテの言葉にギルベルトは仕方なさそうに嘆息し、ケヴィンを睨んだ。

「私たちはもう帰る。ケヴィン、こんな騙し討ちのようなことをして姫に手を出すのは止めろ。彼女は今回の件では何も知らないと言っている」

「君が庇っているだけかもしれないでしょう？　それに、君が姫に誑かされているのかもしれないしね」

何を言ってもこちらの話を信じる気はないようだ。リーゼロッテは唇を噛みしめる。

ギルベルトは苛立たしげに嘆息すると、リーゼロッテの身体を抱き寄せたままケヴィンに背を向けた。


そのまま無言で馬車に乗り、ギルベルトとともに屋敷に戻る。予想以上に早い帰宅にオスカーたちは驚いたようだったが、ギルベルトの険しい表情を見て何かを察したらしい。何も言わず、入浴と寝支度を手伝ってくれる。

リーゼロッテはギルベルトの不機嫌さが気になり、気まずい気持ちで寝室に入った。

まだギルベルトは戻っておらず、リーゼロッテはベッドの端に腰を下ろして彼を待つ。

今夜のパーティーは失態だったかもしれない。結果的にケヴィンの策略に填まり、ギルベルトが自分を大切に扱ってくれていることを知られただけのような気がする。

（それはギルベルトさまにとって、決して良いことではないのだわ……）

　自分への扱いを酷くしてくれと頼んだところで、高潔な彼はそれを受け入れたりはしないだろう。それにたとえ酷い扱いをされたとしても、ギルベルトにされることならば耐えられてしまうと思う。

　彼に触れられるのはとても――気持ちがいいのだから。

　今夜の一件で、それを改めて自覚してしまった。同時に、好きでもない相手に触れられることがこれほどまでに嫌なものだともわかった。

（国のためにお兄さまが命じればどこにでも嫁ぐつもりでいたけれど……王女として私はまだまだ覚悟が足りなかったのね……）

　ギルベルトが無言のまま、寝室に入ってきた。リーゼロッテは腰掛けていたベッドから立ち上がり、ギルベルトに歩み寄る。

　何はともあれ、今夜の失態をきちんと謝罪しなければ。

「あの……っ、ギルベルトさま」

「ああ……今夜は疲れただろう。ゆっくり休んでくれ」

「……申し訳ございませんでした」

　リーゼロッテが頭を下げると、ギルベルトが驚いた顔をした。

「待ってくれ。謝らなければならないのはむしろ私の方だ。あなたを守りきることができなかった。不甲斐なくて、すまない……。己の未熟さを反省していたところだ……」

「いえ、私のせいです。私がきちんと彼女たちをあしらうことができなかったから……本当に申し訳ありません。ギルベルトさまがお怒りになるのも仕方のないことです」

リーゼロッテの言葉に、ギルベルトはハッとしたように続ける。

「いや、私が怒っているのは、あなたにではないぞ!? 怒っているのはケヴィンと……あなたに触れたあの男たちに対してで、あなたではないからな!?」

必死の言葉で、リーゼロッテは自分の勘違いに気づく。そして心から安堵した息を吐いた。

「そ、そうでしたか……勘違いをしてしまって申し訳ありません。……良かった……」

無能さを不快に思われたわけではないとわかって、ホッとする。そんなリーゼロッテを見下ろしたあと、ギルベルトがふいに抱き締めてきた。

「……嫌な思いをさせて、本当にすまなかった」

たったあれだけのことで、これほどに罪悪感を抱かれるのが驚きだ。

だが、ギルベルトの腕から温かく包み込むような優しさが感じられるからだろうか。青年たちに触れられたことを思い出し、身震いする。

「……リーゼロッテ姫……?」

それに気づいたギルベルトが、気遣って呼びかける。リーゼロッテは何でもないと首を振ったが、顔は上げられない。

(気持ち悪かった……)

身体を撫で回されたときの感触を思い出して、そっと口元を押さえる。ギルベルトがリーゼロッテの背中を撫でた。

「……体調が悪いようだ……横になった方がいい」

ギルベルトはリーゼロッテの身体を軽々と抱き上げ、ベッドに横たわらせる。掛け布を掛けてやるために身を離そうとするのを阻むように、リーゼロッテはギルベルトの胸元を握り締めた。

「……姫……?」

何か様子がおかしいとギルベルトは悟り、リーゼロッテの前髪を掻き上げてくれる。そのまま頭を撫で、頬を掌で包み込んだ。

温もりが優しくて、気持ちがいい。あの青年たちのものとは違った。

「ごめんなさい。私……ギルベルトさまに甘えてしまって……」

「……やはり何かあったな?　私が駆けつけるまでに、あの男たちに何かをされたんだろう?」

ギルベルトの纏う空気が再び剣呑なものに変わる。これほどまでに怒りを露わにする人だったろうか。

初めて知るギルベルトの一面に戸惑い、返答に詰まってしまう。それを何か誤解したらしいギルベルトが、リーゼロッテから身を離しつつ言った。

「……今からでも遅くはないな。あの男たちにもっと制裁を与えてこよう」

「いえ！　触られただけですから!!」

ギルベルトを行かせてはいけないと、リーゼロッテは彼の身体にしがみつきながら答えた。

ギルベルトの身体が、突如、凍り付いたように強張った。そのままぎぎ、と妙に固い動きでリーゼロッテを見下ろす。

濃茶色の瞳が、激しい怒りのためか瞠られている。背筋が震えてしまい、リーゼロッテは次の言葉を失った。

「……触られた……だと……？　どこをだ」

正直に答えたらいけないとわかっているのに、ギルベルトの威圧感に圧されて答えてしまう。

「上半身を……撫で回されまし、た……」

「──わかった。殺してこよう。少し待っていてくれ」

「ギルベルトさま！　大丈夫ですから!!」

本当にあの青年たちのもとに駆けつけて、命を奪ってきそうだ。リーゼロッテはギルベルトの身体にさらに強くしがみつく。

ギルベルトが呻くように反論した。

「あなたは優しすぎる……!!　あの男たちは、あなたの女性としての尊厳を穢そうとしたんだ。それは万死に値する！」

「本当に大丈夫なんです。すぐにギルベルトさまが来てくださって、上書きしてくれましたから！」

意味がわからないらしく、ギルベルトが眉根を寄せる。リーゼロッテはギルベルトを見上げ、安心させるように笑いかけた。

「ギルベルトさまがすぐに駆けつけてくださって……そのあと私を抱き締めてくださったから、触られた気持ち悪さもすぐに拭い取られました。ありがとうございます」

「……い、や……それは、その……どういたしまして……」

どう返事をすればいいのかわからなかったようで、何だかおかしな言葉が返ってきた。

リーゼロッテは思わずくすっ、と笑ってしまい、ギルベルトもその笑顔に怒りが鎮まったのか、微苦笑した。

「私があなたの役に立ったのならば、良かった。……な、ならばその……今夜は手を繋いで眠ろうか……？」

ギルベルトの手がリーゼロッテの手を包み込むように握り締める。だがベッドに入ることはなく枕元に座るだけだ。

　リーゼロッテは不思議に思って言った。

「ギルベルトさま？　あの……湯冷めしてしまいます」

「……あ……いや、あなたにそんなことを言ってもらえて隣で眠ったら……理性が保つかわからなくてな……」

　あまりにも素直に答えすぎたと思ったのか、ギルベルトが顔を赤くして俯く。リーゼロッテもつられたように顔を赤くした。

（我慢……してくださっている……）

　非常に難しい立場にあり、傍に置くだけであらぬ疑いを掛けられる自分を、ギルベルトはこんなにも大切にしてくれている。ギルベルトが望めば自分を抱くことなどいつでもできるのに――こちらの気持ちを大事にしてくれる。

（ああ……私……ギルベルトさまが好き……！）

　ふいにギルベルトのものになりたいと思う気持ちが強まり、リーゼロッテは思わず言った。

「私、ギルベルトさまに触っていただきたい……です……」

「だからそういうことを……っ」

　ギルベルトが額を押さえたが、すぐに耐えきれないと言うように、リーゼロッテの上に身を重ねてきた。ギルベルトの温もりをとても近くに感じ、リーゼロッテは気恥ずかしさと満足感に小さく息を漏らす。

「……触る、だけだ……」

「は、い……どう、ぞ……」

ギルベルトにならばもっと先を許してもいい。だがその言葉は辛うじて呑み込んだ。

(今はまだ、言えない……)

ギルベルトの唇が、リーゼロッテの頬や額、こめかみを啄む。心地よく甘いくちづけに、身体が自然と緩む。

くちづけながらギルベルトは、リーゼロッテの肩や腕、背中や脇腹などを優しく掌で撫でてきた。

「こういうところを……触られたのか……?」

「……は、い……」

ギルベルトが怒りに呻く。

「殺してやりたい……」

耳元で低く囁かれ、リーゼロッテは熱い呼気が触れる感触に身震いしながらも、反論した。

「必要、ありません……これからギルベルトさま、が……私を心地よくしてくださるのですから……」

「……ああ、そうだ。私があいつらの感触など、すべて上書きして消してやる……」

ギルベルトの唇が、リーゼロッテのそれに優しく押しつけられた。

角度を変えて何度も啄んだあと、ふいに強引に唇を押し割ってくる。舌先で唇の内側を擽るように舐められ、リーゼロッテはびくりと震えながら思わず口を開いた。

その隙を逃さず、ギルベルトが舌を口中に差し入れてくる。熱くぬめった舌がリーゼロッテの舌を追い求め、絡みついてきた。

「……ん……んぅ……んっ」

ギルベルトの舌が、リーゼロッテの口中を翻弄するように動き回る。深く激しいくちづけに意識が蕩けてしまうまで、さほどの時間は掛からない。

その間もギルベルトの両手は、夜着の上から上半身を優しく撫で続ける。

「……んぅ……」

舌先を引き出され、強く吸われた。じゅるっ、と互いの唾液が絡み合う音が聞こえ、その音にもリーゼロッテの熱が高まっていく。

「……はぁ……っ」

ギルベルトも息が続かなくなったのか、唇を離して大きく息を吐いた。

「あなたとのくちづけは……どうしてこれほど気持ちいいのだろう……」

心底不思議そうに呟くギルベルトに、リーゼロッテも同じことを思う。

（私も……ギルベルトさまと同じ……それどころか、もっとして欲しくなって……）

はしたない欲望を抱いてしまい、頬が熱を帯びる。ギルベルトが続けた。

「もっと……触っても、いいだろうか……」

唇や顎先を掠めた呼気の感触に、リーゼロッテは身を震わせる。

「は、い……あ……っ！」

ギルベルトの両手が、リーゼロッテの胸の膨らみを包み込んだ。薄い夜着越しに大きな手の感触が伝わってきて、恥ずかしいのに心地よい。

どこかぎこちなさを感じる緩急をつけた動きによって、リーゼロッテの身体に熱が生まれてくる。

「……痛くは……していないか……？」

「は、い……大丈夫……です……」

「なら、もう少し……こうしたら……どうだ……？」

ギルベルトが乳房を揺らすように大胆に揉みしだいてくる。大きな手によって乳房がいやらしくかたちを変えるさまがよくわかり、リーゼロッテは羞恥に頬を赤くして、目を伏せた。

ギルベルトが耳元に唇を寄せ、熱い声で大丈夫かと問いかけてくる。

（大丈夫……だってとても、気持ちがいいの……）

そう素直に答えることは羞恥ゆえにどうしてもできず、リーゼロッテは耳朶に触れるギルベルトの熱い呼気の感触に身を震わせながら、辛うじて頷いた。ギルベルトはその頷きを見ると、ますます手を大胆に動かしてくる。

「……嫌だったら、止める。それまでは……いい、か……？」

「……あ……っ」

ギルベルトの指先がリーゼロッテの二つの頂（いただき）を捉え、円を描くように撫でてきた。時折軽く摘ままれ、側面を指の腹で扱くように擦り立てられる。

リーゼロッテの身体が仰け反り、覆い被さっているギルベルトの引き締まった胸や腹部と密着した。

「あ……うんぅ……っ」

ギルベルトの指が動くたびに肌が熱を帯び、下腹部に疼きが溜まっていく。息が乱れて意識が蕩けていくような感覚にどう対応すればいいのかわからず、リーゼロッテは戸惑うしかない。

嫌なら止めるとギルベルトは言ってくれたが、嫌だと思うことが一つもないのだ。

「ああ、駄目だ……直接、触りたい。触らせてくれ……」

譫言（うわごと）のようにギルベルトが言い、リーゼロッテの答えを待たず夜着の肩紐をするりと滑り落とした。

肘の辺りで細い肩紐が止まり、まるで上半身の動きを拘束するかのようだ。ふるりと現れ出た柔らかな二つの膨らみを食い入るように見つめたギルベルトの両手が、先ほどと同じように、撫で回して捏ねてくる。

「……あ……っ！」

直接触れられる感触は、とても心地よかった。

はしたない甘い喘ぎが零れ、慌てて両手で口を押さえようとするが、肩紐が邪魔をして身を捩ることしかできない。

身じろぎに合わせて揺れ動く乳房に、ギルベルトはまるで吸い寄せられるように頬を寄せ、ちゅ……っ、と右の乳房の先端に吸いついた。

「……んぅっ」

指とは違う熱く湿った感触が乳首に触れて、リーゼロッテは思わず小さく跳ねるように震える。ギルベルトは左の胸を手で揉みしだきながら、右の乳首を尖らせた舌で舐め回し始めた。

「……あ……あぁ……っ？」

ぬめった舌の熱と感触が、信じられないほど気持ちがいい。そんなふうに感じてしまうことに驚き、目を瞠る。

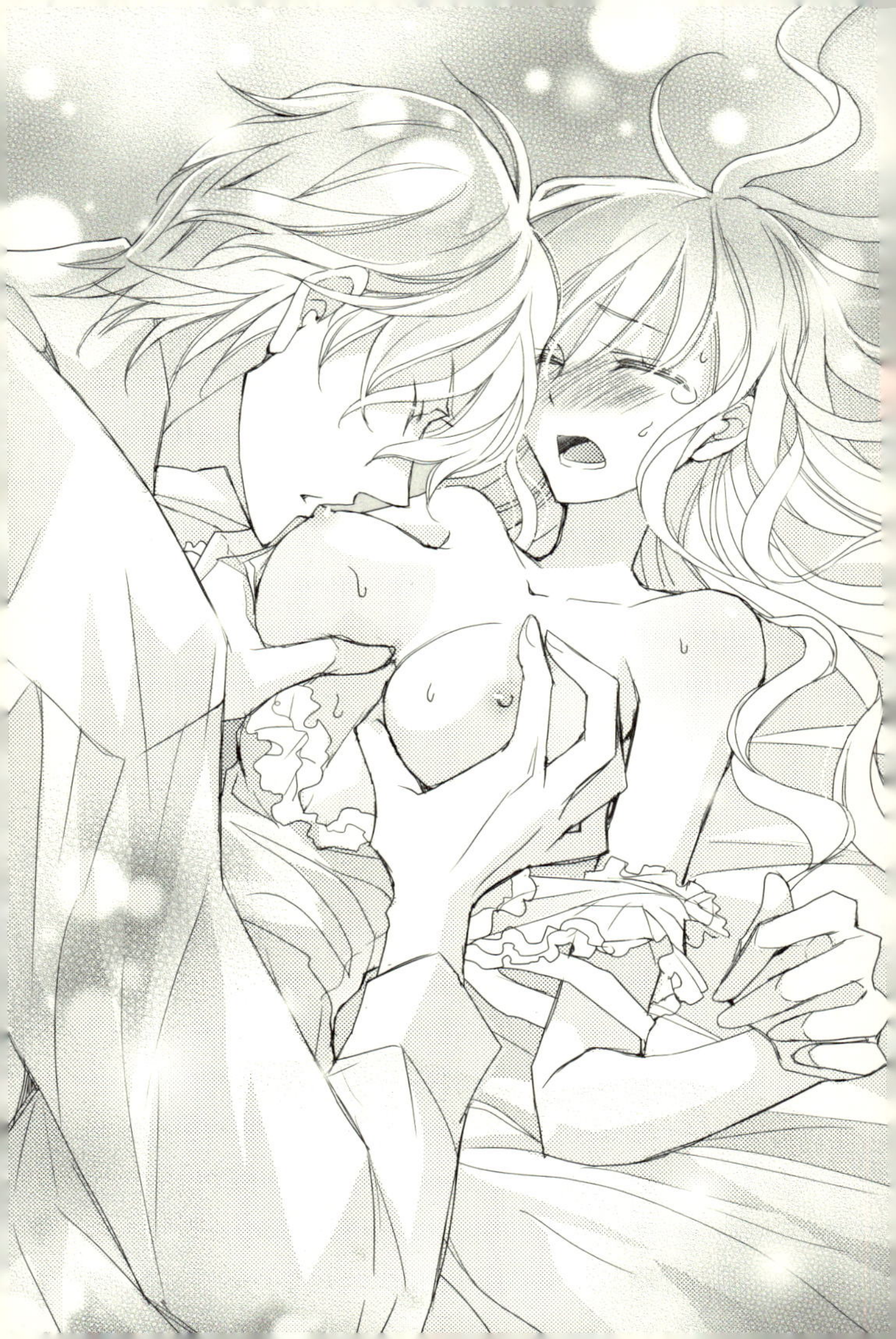

唾液で濡れた舌が、甘い飴菓子を味わうかのように固く尖り始めた乳首をねっとりと舐め回してくる。乳輪のかたちを確認するようにぐるりと舐めたあと、ギルベルトは大きく口を開いてかぶりついてきた。

「……っ！」

甘く歯を立てられて、一瞬本当に食べるつもりなのかと思ったほどだ。

ギルベルトは飢えたようにリーゼロッテの乳房を吸い上げる。そして熱い口の中に含んだままの先端を、舌先で嬲（なぶ）った。

「あ……あっ、んぅ……っ」

舌の動きに合わせて小さく声が漏れてしまう。ギルベルトは反対の乳房も同じように、唾液まみれになるまで熱心に味わった。

執拗なまでに口と舌、指と手で胸を愛撫され、リーゼロッテの意識は蕩け始めてしまう。ギルベルトはリーゼロッテの唇にくちづけ、舌を味わってから言った。

「……もっとあなたに……触れたい……」

熱い囁きを耳にしただけで、身震いしてしまう。求められる喜びがこれほどまでに身体の熱を高めるとは、思ってもいなかった。

だが完全に理性を手放せていないリーゼロッテは答えることができず、目を伏せた。ギルベルトは少し悲しげな微笑を見せたあと、リーゼロッテの下肢の方へと下がっていく。

「あなたの純潔を奪うことはしないから、安心してくれ」

「……ギルベルト、さま……？」

ギルベルトはリーゼロッテの夜着を指でなぞるようにしてたくし上げながら、膝の内側に吸いつく。そのまま内腿をゆっくりと唇で啄みながら上がり、下腹部を頼りなく守る薄い布地越しに、恥丘にちゅっ、とくちづけた。

「ギルベルトさま……！　いけません！」

不浄の部分にくちづけられ、リーゼロッテは激しく困惑する。二の腕を軽く拘束する肩紐のせいで身動きが上手くできないながらも上体を起こし、ギルベルトを押しのけようとした。

だがそれよりも早くギルベルトはリーゼロッテの下着を引きずり下ろし、淡い茂みの上に大切そうに唇を押しつけてくる。直接触れられた唇の感触に、リーゼロッテはびくりと身体を強張らせた。

「……いい匂いがする……。あなたのここを、味わいたい……」

ギルベルトがうっとりと瞳を細めて呟き、そのまま唇をゆっくりと滑らせた。舌先でちろりと花弁を舐め、その間で震えている花芽を探っていく。

信じられない場所にギルベルトの舌と唇を感じ、リーゼロッテは惑乱に首を小さく打ち振り、身を硬くするだけだ。

「……いけま……せ……駄目ぇ……っ」

内腿を押さえる両手に大して力を入れているようには見えないのに、足を閉じることができない。

とにかくギルベルトを止めなければならないと、リーゼロッテは震える声で言う。だが嫌だと言っていないためにギルベルトは止めるつもりがないようだ。

舌と唇の動きは、リーゼロッテを追い上げてくる。

尖らせた舌がリーゼロッテの花芽を露わにし、優しく吸いついてきた。ちゅっ、ちゅぅっ、とリーゼロッテの反応を見ながら啄んでくる。

「……はぁ……んっ！」

（な、に……これ……っ？）

信じられないほどの快感に、リーゼロッテは目を瞠った。胸を愛撫される以上の気持ちよさだ。

与えられる快楽によって目尻から淡い涙が生まれ、滲み出す。舌先が、乳首を弄ったときと同じように花芽を嬲ってきた。

「……あ……あぁ……っ、んぅ……っ」

「……はぁ……っ、美味しい……もっと味わいたい……」

「ああ、駄目……っ」

ギルベルトが理性を失ったかのように、蜜口にむしゃぶりついてきた。

内腿にギルベルトの濃い金髪が触れて、擽ってくる。そのさざめくような快感もリーゼロッテの身体に甘い疼きを与えた。

「ギルベルト、さま……あぁ……そんなに吸っては……駄目……ぇ……」

止めて欲しいのに、止めて欲しくない。リーゼロッテはどうしたらいいのかわからず、自分でも意識せずに甘い声でギルベルトの名を呼んでしまう。

ギルベルトは衝撃を受けたように一度舌の動きを止めたものの、直後にはリーゼロッテの花芽に舌を巻き付けるようにしながら激しく嬲った。

飢えたように蜜口を舐めしゃぶられ、蜜を啜る音もはっきりと聞こえる。ギルベルトの唾液が塗された花芽はこれ以上はないほど敏感になっていて、軽く息が掛かるだけでもビクビクと身体が震えてしまうほどだ。

リーゼロッテは快楽の淡い涙を零しながら首を打ち振り、背中を丸める。

「……駄目……もういけま、せ……あぁ……っ」

止めなければいけないと思うのに、ギルベルトの髪に埋め込んだ指は、もう力が入らない。リーゼロッテは羞恥に全身を赤く染める。

ギルベルトは時折息継ぎのために唇を離しても、すぐにまた蜜口を舌と唇で味わい続ける。何か大きな波がやって来るような感覚に襲われ、リーゼロッテは身を震わせながら激しく首を振った。

「ギルベルトさま……ギルベルトさま……駄目……駄目っ。もう……私……っ！」

何を言おうとしているのか、自分でもよくわからない。だがギルベルトはリーゼロッテの嘆願に気づいているだろうに口淫を止めず、それどころかますます激しく舌先で花芽を嬲り、強く吸い上げた。

「……ひ……あ、ああぁーっ!!」

視界がチカチカと点滅するかのような快楽が全身を駆け巡り、リーゼロッテは耐えられずにあられもない喘ぎを上げてしまう。身体が強張ったあと、そのまま力尽きてベッドに倒れ込んだ。

ひくつく蜜口から蜜が溢れ出し、ギルベルトの舌がそれを丁寧に舐め取る。初めての絶頂を迎えて戦慄(おのの)く花弁に舌でねっとりと触れられると、快感の余韻で身体がひくっ、ひくっ、と小さく震えた。

「姫……」

ギルベルトが熱い息を吐いて、顔を上げる。薄い唇についた愛蜜を舐め取る仕草に男の色気が感じられて、ドキリとする。これで終わりなのだろうか。

こちらを見下ろしてくるギルベルトの瞳には、一瞬背筋がぞくりとしてしまうほどの獣性が宿っている。自分を求めてくれていることがわかり、それだけでもリーゼロッテの身体が震えた。

ギルベルトが掠れた低い声で言った。

「……もう少し……あなたに、触れさせてくれ」

「……あ……っ」

ギルベルトの手が、リーゼロッテの内腿に触れて蜜口へと撫で上げる。達した身体は思うように動かず、羞恥による抵抗もとても弱々しい。

また今のような愛撫をされたら、もっと乱れてしまいそうだ。

「……あなたに触れた男どもの感触など……二度と思い出せないようにしてやる」

抑えきれない怒りを呟きながら、ギルベルトが再び蜜口を口淫してきた。だが今度はそれだけでなく、骨張った指が、ぬぷり、と蜜壺の中に押し入ってくる。

「……んぅ……っ！」

先ほどの愛撫によって蕩かされているせいか——思う以上にあっさりと、根元まで受け入れた。ギルベルトは舌先で花芽を転がしながら、嬉しそうに嘆息する。

「……ああ、良かった。私の指を……受け入れてくれる……」

「……あ……んぅっ、あぁっ」

ギルベルトが反応を窺いながら、ゆっくりと指を動かし始めた。

「あなたの中……こんなにも熱い、のか……」

指の腹で膣壁を擦り、感じる場所を探すように動く。リーゼロッテはシーツを握り締め、与えられる快感に打ち震えることしかできない。

(気持ちよくて……何も、考えられなくなる……っ)

もしもあの青年たちに同じことをされたら——耐えられない。自分の身が穢されたことを許せず、自害しただろう。

だがギルベルトならば、これほどに気持ちいいのだ。

「……あ……っ」

ギルベルトの指が、もう一本、押し込まれた。中指と人差し指が蜜壺の中で絡まり、ぬちゅぬちゅと出入りする。

指で突かれる場所が変わり、リーゼロッテは腰を浮かせた。

「……辛くは……ない、か……?」

ギルベルトが熱い呼気の中で、リーゼロッテに問いかける。欲望を感じながらもそれに完全に流されず、自分を気遣ってくれることが嬉しい。

だからリーゼロッテも、自分の気持ちを素直に口にしてしまっていた。

「……気持ち、いいです……」

「……そう、か……っ」

ギルベルトが嬉しそうに頷いて、再び蜜壺を弄ってくる。丁寧に——けれども熱い欲望を隠さずに追い上げてくるギルベルトの愛撫に、リーゼロッテがもう一度絶頂を迎えるのに時間は掛からない。

「ああっ！　駄目っ、また……私……っ」

「いい。私の指で達してくれ……！」

「……あぁぁーっ!!」

続けざまに達したリーゼロッテの身体は火照り、心地よい疲労感に満たされる。ギルベルトは物足りなげな表情を隠しきれないまま、それでもリーゼロッテをこれ以上疲れさせるつもりはないようで、身を離した。

はだけた夜着を丁寧に直してくれる。その仕草をぼんやりと見つめながら、リーゼロッテは言った。

「……抱き締めて……眠って欲しい、です……」

「……姫……？」

「さきほどの……とても気持ちよかったけれど……ギルベルトさまのお顔が見れないのが、寂しくて……」

ギルベルトが驚きに目を瞠ったあと、すぐに耳まで赤くなる。だが形の良い唇には嬉しげな笑みが浮かんでいた。

「わかった。今夜はあなたを抱いて眠ろう。私も……そうしたかった」

ギルベルトがリーゼロッテの隣に身を滑り込ませ、柔らかく包み込むように抱き締めてくれる。強烈な愛撫とは異なるが、こうして抱き合って眠るのもとても好きだと改めて気づいた。

抱擁が、優しい眠りに誘う。ギルベルトがリーゼロッテの髪や頬にくちづけながら、囁いた。

「……好きだ……」

思わずといったように零れた告白が、リーゼロッテの心を甘く震わせる。私も、と続けたくなる気持ちをリーゼロッテはそっと飲み込み、目を閉じた。

第五章　初夜

リーゼロッテが使用人とともにギルベルトの外出の準備を手伝ってくれる。今日の仕事は皇城へ出掛けなければならないからだ。

軍の訓練項目については定期的にチェックし、現状に合わせた内容に適宜変更をしている。そのためには部下たちの実力や状況を実際に目で見て、肌で感じることが重要だった。

だが今、リーゼロッテから離れなければならないのは、気がかりだ。

これまでにもエドガルの手伝いをしていたようで、手際がいい。襟の歪みを直し、軍帽をギルベルトに微笑みながら差し出す。その様子は、ギルベルトが思い描く新妻そのもので、可愛らしくも愛おしくて堪らない。

彼女が自分の求婚を受け入れてくれたらこういう日々が待っているのかと思うと、つい近くの壁を激しく打ち叩きたくなる。

(求婚については……良い返事をもらえそうなんだが……)

目の前のリーゼロッテを思わずじっと見つめてしまう。

先日、最後までは至らなかったものの、それでもリーゼロッテの秘められた場所を暴き、味わい、堪能した。リーゼロッテはギルベルトが与える初めての愛撫に戸惑い、戦慄き、可愛らしく乱れた。

理性を総動員させていなければ、欲望のままにその純潔を奪い取っていただろう。思い出すだけで身体の奥に熱が溜まり、彼女へと手を伸ばしたくなる。

(抱き締めて、くちづけたい……ああいや、駄目だ……)

「用事が終わったらすぐに帰ってくる」

「お仕事、頑張ってくださいませ」

頷いて軍帽を受け取り、ふと、今のやり取りが夫婦のようだと思う。

リーゼロッテも同じことを思ったのか、目元を赤くして目を伏せた。それが可愛い。

(あなたが私の妻になったら、そんな顔を見せてくれるのか……?)

自分がまだ知らない素顔を、こんなふうにもっと見ることができるのだろう。それはギルベルトにとって、至福の日々だ。

気づけば上体を倒し、目の前にあるリーゼロッテの唇に柔らかくくちづけている。

あまりにも自然な流れに、リーゼロッテの瞳が丸く見開かれた。そんな顔も可愛い。

（そして唇は……柔らかくて、吸いついてくるようで、気持ちがいい……）

「……ん……っ？」

ギルベルトはリーゼロッテの腰と背中に腕を回して抱き寄せ、唇を押し開く。そして口中を味わうように舌をゆっくりと動かした。

身長差ゆえに軽く仰け反るような格好になりながら、リーゼロッテはくちづけを受け止める。

どちらもまだ息継ぎが上手くできず、息苦しさの方が強い。それでも男の欲望のままに小さな舌に絡みつき舌先を擦り合わせると、リーゼロッテも不慣れながらおずおずと反応を返してくれた。それも、可愛い。

自分だけが求めているわけではないことがわかると、くちづけがもっと深く甘く、官能的になっていくのは仕方がない。リーゼロッテが酔うようにうっとりと目を閉じた。

驚いたような居たたまれないような気配を室内に感じて、ギルベルトはハッと我に返る。まだこの部屋には使用人がいるのだ。

羞恥を思い出したのか、リーゼロッテが慌ててギルベルトの胸元を押した。

「ギ、ギルベルトさま……あの……ここでは……っ」

「まだ……もう少し……」

使用人がいることを忘れているわけではないが、リーゼロッテの唇を味わってしまうともっと欲しくなって、なかなか離れられない。

「……お部屋の外でお待ちしております」

使用人たちは一礼すると、そそくさと部屋を出て行った。それをいいことに、求める気持ちが強すぎて息を乱してしまいながらも、リーゼロッテの唇をしばらく味わい続けた。

は……っ、と熱い息を吐いて唇を離すと、ついに耐えきれなくなったようで、リーゼロッテがかくりと膝から崩れ落ちた。ギルベルトは慌ててその腰を抱き支える。

「すまない！」

リーゼロッテはギルベルトの胸に縋りつつも首を振った。見下ろす耳元が赤くなっている。

ストロベリーブロンドの間から覗く白い項に吸いつきたくなるのを堪え、ギルベルトは手を離した。

「あなたの優しさに調子に乗ってしまったらしい。……すまなかった。もう行く」

「はい……行ってらっしゃいませ……」

くちづけの余韻を引きずり、緑の瞳は淡い涙を浮かべ、唇はしっとりと濡れている。ギルベルトは離れがたい気持ちを呑み込み、顔を背けるようにして玄関ホールを出た。

無言のまま待っていた馬車に乗り込む。まるで逃げ出してきたかのような様子にオスカーがどうかしたのかと問いかけてくるが、答えることができない。

（これはまずい……まずいぞ……!!）

オスカーが心配して色々と話しかけてくるが、ギルベルトは口元を利き手で押さえたまま きつく眉根を寄せて無言でいた。……このままでは求婚の返事を聞く前に、彼女を抱いてしまいそうだ。

鬱々とした気持ちをどうにかして発散しなければ、帰宅したあとに自分の欲望を抑えきれる自信がない。ギルベルトは軍の訓練に己も急遽参加することにした。

突然訓練に参加してきた元帥に部下たちは驚いたものの、すぐに嬉しそうに次々と模擬戦を願い出てくる。彼らは皆、ギルベルトの傍で働きたいと願う者たちばかりだ。

ギルベルトは今は最前線に出ることは滅多にないものの、元帥位を戴くまでは軍の中で一番の強者だった。

いつ有事が発生してもすぐに戦えるよう、元帥となってなお日々の鍛錬をおろそかにしていない。そんなギルベルトと模擬戦をした者たちは、次々と倒れ伏していく。

五人連続で手合わせしても未だ自分に一撃も与えられないことに、ギルベルトは深く嘆息した。

「お前たち、それで帝国を守れると思っているのか!! 弛んでいるぞ!!」

申し訳ございません!! と地を轟かすかのように皆が一斉に返事をするものの、ギルベルトは許すつもりはない。部下たちが全員倒れ伏すまで容赦なく鍛えていった。

頃合いを見計らってギルベルトを迎えに来たオスカーは、訓練場の惨状に驚いてしまう。

「……これは……ずいぶんと荒れていらっしゃいますね……」

差し出されたタオルで汗を拭いながら、ギルベルトは顔を顰めた。

「なぜ私が荒れているんだ。だらしなく情けない部下を鍛え直しているだけだ」

オスカーの言葉が気に入らず、ギルベルトは憮然として言い返す。オスカーが苦笑しながら肩を落とした。

「八つ当たりはいけませんよ、ギルベルトさま」

心を見透かされて、ギルベルトは眉根を寄せる。表情は変えられなかったが、小さな声で謝罪はできた。

「……すまん……」

汗を拭ったタオルを受け取り、オスカーは今度は兄のような優しい微笑を浮かべた。

「ギルベルトさまの仰る通り、これまでの訓練が少し手ぬるかった証明にはなりましたから、良しと致しましょう。それで、リーゼロッテさまと何かあったのですか？」

屍状態から身を起こし、飲み物を口にし始めた部下たちを見守りながら、ギルベルトは呻くように言った。

「……姫と、しばらく距離を保った方がいいように思えてな……」

オスカーは驚きに目を瞠る。そしてその表情のまま、本音を呟いた。

「できるのですか？」

うっ、とギルベルトは言葉に詰まった。

すべてに触れる許しを彼女からまだもらっていないとはいえ、もう濃密な触れ合いはしている。リーゼロッテの立場と心を傷つけては駄目だと何とか自分に言い聞かせ、辛うじて最後の一線を越えていないが、とても危うかった。

それを証明するかのように、出掛ける前、ほとんど無意識のうちにリーゼロッテにくちづけ、気づいたあともなかなか止めることができなかった。自分の自制心はもう限界なのかもしれない。

リーゼロッテの唇の柔らかさ、甘い声、恥じらいながらも見せる淫らな仕草——彼女が情事に慣れていないからこそ快楽に呑み込まれて強く拒むこともできないのに、もう少しならばいいだろうか、まだいいだろうか、と自分に都合よく解釈して、触れるたびに愛撫を深めてしまっている。

愛しい人の可愛らしくも淫らな反応を知ってしまったら、本当に触れるだけで済むのか自信がまったくない。だから少し距離を置いた方がいいと考えたのだが……。

リーゼロッテを自邸に保護する前の状態に戻ればいい。そうすれば、少なくとも獣のごとく襲いかかるなどという最低な行動は防げるだろう。

……そう、思いたい。

にもかかわらず、ひどくもやもやとした——苛立ちにも似た気持ちを覚えてしまう。もやもやは、こうして身体を動かすと少しだけ解消された。

(だからきっと大丈夫だ!)

「できる、と思う。いや、必ずしなければならない。あの人を傷つけることだけは、絶対にしてはいけないんだ!」

拳を突き上げるようにして宣言するが、オスカーの瞳は胡乱げなものになっている。だが頭から否定することはせず、軽く嘆息しながらも頷いた。

「わかりました。ギルベルトさまがそのように決心されたのでしたら、私がどうこう言うこともできません。これはお二人の問題でもありますし……ですがリーゼロッテさまが妙な誤解をされないよう、一応お話はしておいた方がいいと思いますよ」

なぜ自分の決意をリーゼロッテに話さなければならないのかがわからず、ギルベルトは困惑の表情になる。この人はもう……と半ば呆れ顔でオスカーは続けた。

「これまで何かとリーゼロッテさまに触れていらっしゃったのに、急にそれをしなくなったら嫌われたのではないかと不安になるかと思うのですが?」

「……確かにその通りだな。姫が不安になる要素はできる限り排除しておいた方がいい」

「ええ、絶対にお話しくださいませ。そうすれば、姫のお心にも変化が現れると思います」

後半部分の意味がよくわからず、ギルベルトは小首を傾げてしまう。だがオスカーは穏やかな微笑を浮かべるだけだ。

無理に聞き出すことでもなさそうな雰囲気だ。ギルベルトは追及せず、頷いた。

「わかった。今夜にでも姫と話をしよう。……ところで、状況の方はどうだ?」

問いかける声は、自然と低くなる。

訓練場は広く、ギルベルトの傍にはオスカーしかいない。他の部下たちは休憩中だ。彼らとはそれなりに距離があり、オスカーとの会話が聞こえることはないだろう。

それでも念のため、重要な話をしていると見えないよう、いつも通り他愛もない話をしている風を装った。オスカーもギルベルトの意図を悟り、同じような表情をしてくれる。

「情報は少しずつですが集まっています。伯爵の方はまだまだ尻尾を見せていませんが、協力者がそろそろ耐えられない感じですね……」

「まあ、そうだろうな。おそらくあの男の中では、もう自分が王国の主になっているはずだったのだろう。王座に魅力を一切感じない私からすれば、何がいいのかわからないが……」

危うく忌々しげな顔をしそうになり、ギルベルトは慌てて口元に笑みを浮かべる。オスカーが頷いた。

「そうですね。ギルベルトさまは姫の夫という座だけがご興味の対象ですから、わからなくて当然です」

「……な……っ」

不意打ちの攻撃にギルベルトは絶句し、もう少しで赤面するところだった。だが確かにオスカーの言う通りで、反論もできない。

「今のところ、状況証拠しかないのが何とも歯がゆいところです。決め手となる証拠があれば……」

「協力者が耐えられなくなっているのならば、何か大きな動きが出てくるはずだ。そいつの証言を得られれば、あの男も動けなくなる」

もどかしいのは、ギルベルトも同じだ。早くリーゼロッテを安心させてやりたいが、現状ではまだ何も伝えることができていない。

ギルベルトは軽く嘆息して、オスカーの肩を叩いた。

「引き続き、油断なく動いてくれ」

畏まりました、と頷いて、オスカーが離れていく。ギルベルトはまだ先を見通せない状態に内心で歯がみした。

苛立ちの理由は、ここにもあるような気がする。

（……駄目だ。これは発散させないと……！）

ギルベルトは腰に両手を当て、休憩中の部下たちを見回して声を張り上げた。

「休憩、終わりだ!!　次、いくぞ!!」

声にならない悲鳴が訓練場に響き渡った。


今夜も同じベッドで——抱き枕よろしく両腕に包み込まれて眠るものだと思っていたのだが、寝支度を整えて寝室に入るなり、ギルベルトは真面目な顔でリーゼロッテに言った。

「しばらくあなたと一緒に眠るのを控えたい」

「……え……っ？」

見えない手に心臓を摑まれたかのような衝撃がリーゼロッテを襲い、すぐに返答ができない。大きく瞠った瞳でギルベルトを見返してしまう。

ギルベルトは非常に気まずそうな顔をしながらも、誠実な声音で続けた。

「これは私の勝手な事情だ。あなたに触れることで、欲望を抑えられなくなってしまうかもしれない。もちろん、我を忘れないように努力はしているが……その、理性ではどうにもならないこともある……」

ギルベルトの言うことは、なんとなくだがわかる。自分を大切にしてくれているからこその提案だ。それはとてもよくわかるし、嬉しい。

……嬉しいのだが。

「二人きりのときは……適切な距離を保つようにする。だが決して私があなたを嫌いになったというわけではないから、誤解しないで欲しい。私はあなただけが好きだ」

好きだという言葉にドキリとしたリーゼロッテの目元にくちづけを落とそうとして、ギルベルトは我に返って身を離す。そして困ったように苦笑した。

「……つまりは、こういうことだ……。気づけばあなたに触れようとしてしまう……」

（もう……触れていただけない……？）

よく考えれば求婚にまだ応えていない自分たちの関係としては、当然のことだ。ギルベルトが最後の一線を越えずにリーゼロッテの傍にいてくれるのは、ひとえに彼の強靱（きょうじん）な理性によるものでしかない。

（なのに……それを寂しいと思ってしまうなんて……）

これではあまりにも勝手すぎる。そんなことを思ってしまう自分が恥ずかしい。

リーゼロッテはギルベルトを見上げ、強く頷いた。

「ギルベルトさまが私を大事にしてくださることが伝わってきて、とても嬉しいです。それどころか私がまだ求婚にお応えできていないのに、このような状況になってしまって……男の方の事情というものに配慮できず、申し訳ございません……」

頭を下げると、ギルベルトが頬を赤らめてさらに視線を彷徨わせた。

「……いや、その……確かにそうなんだが……うん……」

「私も必要以上はギルベルトさまに触れないように気をつけます。ベッドは交代制に致しましょう。私もソファで眠ります」

「いや、それは駄目だ!! ソファだと絶対に身体が休まらない!!」

「だとしたら、ギルベルトさまが疲れ続けることになってしまいます。私もソファで眠ります！」

「いや、それは譲らないぞ！ ベッドは、あなただ。私はソファだ!!」

どれだけ言い募ってもギルベルトは頑として譲らず、結局ベッドは自分が使うことになってしまう。

リーゼロッテは少し不満げな顔をしてしまい、それに気づいてハッとした。……ギルベルトの前では、王女としてではなくありのままの自分が出始めてしまっている。

「リーゼロッテ姫……？」

抵抗の言葉がキツかっただろうかと、ギルベルトが気遣わしげに問いかけてくる。リーゼロッテは慌てて笑顔を浮かべ直した。

(王女としてではなく、ただのリーゼロッテとしてはギルベルトさまのことを……)

己の本心がどこを向いているのかがわかり、リーゼロッテは息苦しい気持ちになった。王女としての自分と、ただの自分——どちらを優先しなければならないのかはよくわかっているのに、後者を取りたい自分に否応なく気づかされてしまった。

言葉通りギルベルトは、リーゼロッテとの関係性を疑われないよう周囲に知らしめるとき以外は、必要以上に触れてこなくなった。

それでも時折ふいにくちづけようとするときもあり、ハッと我に返っては気まずそうに目を逸らされてしまう。そのたびに、してくれたらいいのに……などと思ってしまうのだ。

ギルベルトにベッドを譲ってもらっているにもかかわらず、よく眠れなくなってきた。睡眠は一応取れているのだが眠りが浅く、ちょっとした物音でも目が覚めてしまう。

眠りが浅いせいで夢を見ることも多くなり、まだ行方がわからない兄が捕まって斬首される夢や、王国の民が奴隷として扱われる夢や――自分がギルベルトに裏切り者の妹として手酷く罵られる夢などを頻繁に見るようになってしまった。

すべてが不安を具現化しているだけで、現実でないとわかっている。ギルベルトと一緒のときにはぐっすり眠れていたのに、距離を置かれた途端にどうしてこんなふうに情緒不安定になるのだろうか。

（それは私が……ギルベルトさまのことを好きだからだわ……）

その気持ちに応えたいのに、状況がそれを許さない。相反する気持ちがリーゼロッテの心に負荷を掛けているのだろう。

そう客観的に見ることができても、何の解決にもならない。歯がゆい気持ちだけが強まっていく。

ギルベルトにこれ以上余計な気遣いをさせたくなくて、態度や表情はいつも通りでいることを心がけていた。おかげで、使用人たちやオスカーには知られていない。それなのにギルベルトには気づかれてしまい、今朝も目覚めると心配そうに見つめられた。

大丈夫だと言ってもギルベルトは信じず、求める情報を提供できていないことを謝罪されてしまった。

今日は軍の訓練監督をするため、ギルベルトは城へと出仕している。オスカーが屋敷に残り、リーゼロッテの護衛を兼ねて付き従っていた。

図書室で読み掛けだった本の続きを読んでいるが、内容はほとんど頭に入ってこない。どうしてもギルベルトのことをあれこれ考えてしまう。

状況が許さなくとも、彼の気持ちにきちんと答えを返したかった。だがそれは、王女として正しき選択だろうか。

（一人の女性として、ならば……でもそれは……）

自らの立ち位置を考えあぐね、リーゼロッテはそっと嘆息する。オスカーが壁時計を見上げて言った。

「そろそろ午後のお茶の時間ですね。準備してきますので、お待ちください」

オスカーが部屋を出て行こうとするよりも一瞬早く、慌ただしげな足音が近づいてきた。

「失礼いたします。オスカーさま、いらっしゃいますか⁉」

使用人の慌てた声に、オスカーが笑みを消す。リーゼロッテもただならぬ気配を感じ取り、言った。

「構いません。入れてあげて」

「ですが……」

「私にも何かできることがあれば協力したいの」

オスカーは小さく頷いたあと、扉を開いて使用人を招き入れた。

リーゼロッテにぺこりと頭を下げたあと、彼女はオスカーだけに伝えようと彼を廊下へ連れて行こうとする。それをリーゼロッテは止めた。

「何があったの？」

使用人が少々戸惑った視線をオスカーに向けた。リーゼロッテの耳に入れていいものかどうかを迷う仕草に、オスカーは頷きで促す。

彼女は緊張した面持ちで言った。

「ギルベルトさまが……お、お怪我を負われたと……」

「……え……⁉」

あまりにも予想外の言葉に、リーゼロッテはもちろんのこと、オスカーまでもが息を呑む。いち早く気を取り直したオスカーは、詳しく話をするように言う。

「訓練中に部下の方々といつも通りの模擬戦をされたようで……そのときに、攻撃を避けきれずに頭部を負傷されたと……！」

それを聞いて、リーゼロッテは一瞬目の前が暗くなるのを感じてよろめいた。ソファに崩れ落ちそうになり、慌てて足に力を入れ直して耐える。

オスカーたちが焦ってリーゼロッテを支えようとしたが、何とか断ることはできた。

「……大丈夫……」

傷の具合はまだわからないが、頭部の負傷ならば——打ちどころが悪ければ死んでしまう場所だ。もし、ギルベルトがそのような大怪我を負っていたとしたら。

心臓がぎゅっと握られたような感覚に陥り、リーゼロッテは小さく身を震わせる。

これまでにも様々な予想外の事態があったが、王女として兄とともに乗り越えてきた。なのに今は、この事態に関して何を言えばいいのかわからない。

「リーゼロッテさま」

オスカーがリーゼロッテの肩に触れ、ソファに座らせた。

顔が真っ青になり、今にも倒れそうだった。だがそのことにリーゼロッテ自身は気づけていない。

「どのような様子なのか、またあとでご報告に参ります。リーゼロッテさまはお部屋でお待ちください」

「私も……！」

「いえ、どうかお待ちください」

オスカーが使用人に、自室まで送るよう命じる。一人で大丈夫だと言うこともできない。ギルベルトの怪我がどの程度のものなのか、命に別状はないのか——それればかりがぐるぐると頭の中を駆け巡る。

(ご無事ですよね、ギルベルトさま……!!)

リーゼロッテの様子を憐れんだのか、使用人がきっと大丈夫だと慰めてくれる。相槌を打つが上の空だ。

あとで思い返したら情けないほどに動揺していると恥ずかしくなるが、このときは取り繕うこともできなかった。

心を落ち着かせるためにハーブティーなどを用意してくれたが、一切口にできない。対応はオスカーがしているため、今ここで自分ができることは何もなく、それがとてももどかしかった。

ギルベルトが帰宅したらすぐに教えてくれるように頼んではいるが、ここでのリーゼロッテは彼のただの愛人だ。後回しにされても文句は言えない。

だからといってリーゼロッテが使用人たちの知らせを待てずにしゃしゃり出るのもおかしい。愛人のくせに女主人ぶるのかと彼らに煙たがられたら、ギルベルトの評判が悪くなってしまう。

(私……ただ心配することしかできない……っ)

もどかしさに耐えきれず、リーゼロッテは室内を意味もなく歩き回った。もしギルベルトが重傷だったとしたら……それを想像すると、息が苦しくなる。

リーゼロッテは両手を祈りのかたちに組み合わせた。

(ギルベルトさま、どうかご無事で……!!)

「――リーゼロッテ姫」

ふいに扉越しにギルベルトの呼び声がした。空耳かと思い、すぐに返事ができない。

呼び声のあと、在室を確認するかのように扉がノックされる。

「……姫? いないのか?」

(ギルベルトさま!!)

確認するよりも早く、リーゼロッテは扉に向かって走り出している。もう一度ノックがされると同時に、リーゼロッテは扉を勢いよく開いた。

「……っ!?」

右手を上げたまま、ギルベルトが動きを止める。リーゼロッテはギルベルトの胸に飛び込むようにしながら、彼を見上げた。

「ギルベルトさま! ご無事……ご無事ですね……!?」

「……ど、どうしたんだ……?」

急に飛びつかれて驚いたようだったが、ギルベルトは危なげなく抱き止めてくれる。その頭部には白い包帯が巻かれていた。

今のところ血の滲みはどこにも見当たらず、清潔な白色が目に眩しい。

「ギルベルトさまが……お、お怪我をされたと……」

こうして見る限りでは重傷ではないようだが、自分に心配を掛けまいと無理をしているのかもしれない。リーゼロッテは青ざめたまま問いかける。

ギルベルトが包帯に軽く触れ、苦笑した。

「大丈夫だ。少し油断してしまって、模擬剣の先が掠っただけだ。頭の傷はさほどのものでなくとも出血が多いときがあるし、包帯を巻き付けただけで重傷のように見えてしまうところが何とも……」

ギルベルトが自嘲気味に笑う。情けない姿を見せてしまったとでも思っているのだろう。言葉や仕草に偽りは感じられない。

(本当にご無事なのね……)

ギルベルトの包帯に手を伸ばし、優しくそっと触れる。

「……痛みは……?」

「血も止まっているし、痛みもない。包帯も大げさだと思うんだが、部下たちが止血も兼ねてせめて自邸に到着するまでは外さないでくれと頼んできてな……何なら外しても構わない」

リーゼロッテは慌てて首を振る。医者ではないからここで外していいのかどうか、自分が判断するのは怖かった。

怪我が軽傷だったことがわかり、リーゼロッテは大きく息を吐く。直後、急に膝から力が抜けた。

「どうした⁉　大丈夫か⁉　……っ」

ギルベルトがリーゼロッテの身体を抱き支え、顔を覗き込んでくる。そして驚愕に大きく目を見開き、続いてひどく狼狽えた。

「……リ、リーゼロッテ姫……ど、どうしたんだ⁉　どこか痛いのか。それとも何かあったのか⁉　なぜ泣いて……」

（泣いて……？）

その言葉にリーゼロッテは驚き、指先で目元に触れる。濡れた感触があり、熱い雫がほろほろと頬を滑り落ちていることにようやく気づかされた。

（私……泣いて……る……）

言われて初めて気づいたからだろうか。泣き止まなければと思っても、なかなか上手くできない。

ギルベルトがとても困っていることだけはよくわかり、慌てて両手で顔を覆った。

「……あの……申し訳、ございませ……きゅ、急に……」

すぐに泣き止むから、と言おうとしても、押し出す声は嗚咽に変わってしまう。

ギルベルトはおろおろとリーゼロッテを見下ろしていたが、やがて両腕で包み込むようにふんわりと抱き締めた。

ぬくもりに包み込まれ、涙は止まるどころかさらに溢れてしまう。

この温もりがなくなってしまうかもしれなかったのだ。

（それは、ギルベルトさまがいなくなってしまうこと……）

どこに行っても会えず、こうして抱き締めてもらうこともなくなってしまう。ギルベルトを失う恐怖が涙となって溢れたのだと実感し、リーゼロッテは逞しい胸に縋りついた。

（そんなことは絶対に嫌。ギルベルトさまがいなくなってしまうなんて……絶対に嫌！）

ギルベルトはリーゼロッテの頭頂にくちづけた。

「姫……本当にどうしてしまったんだ……？　頼む。泣き止んでくれ。あなたにこんなふうに泣かれると、どうしていいのかわからなくなる……」

ギルベルトが途方に暮れたように言った。

だが腕を解くことはなく、少しでも温もりを伝えるためかそのままでいてくれる。その優しさもさらにリーゼロッテを泣かせた。

背中に回った手が、あやしてくる。

ギルベルトは涙が止まるまで、根気よく背中をあやし続けてくれた。リーゼロッテはようやく呼吸を整え、そっとギルベルトを見上げた。

「……急に、ごめんなさい……」

「いや、いいんだ。ただ何があったのか心配しているだけだ」

「ギルベルトさまが重傷だと聞いて……も、もしかして、死……死んでしまうのではないかと……」

ギルベルトの死。自分で口にしてリーゼロッテは身を震わせ、ギルベルトにしがみついてしまう。

そんなリーゼロッテのいつにない様子にギルベルトは少し驚くものの、安心させるように微笑んだ。

「不安にさせてしまってすまなかった。ここで頼れる者は私しかいないのに……いなくなったらとても心細いだろう。もう一人くらい、あなたに頼れる相手を作りたいところだが……」

「ギルベルトさまだけでいいです」

リーゼロッテはギルベルトの胸元をぎゅっと強く握り締めながら言う。頭の上で、ギルベルトが息を呑むのがわかった。

「……姫、そ、れは……？」

「私はギルベルトさまだけでいいです。他の方はいりません」

ギルベルトが勢いよくリーゼロッテの肩を掴んで自分から少し離し、顔をまじまじと見つめてくる。期待と不安が入り交じった表情だ。

「姫、それは……それは、私、のことを……!?」

リーゼロッテはただ頷こうとして——止める。

ギルベルトは自分の気持ちをはっきりと言葉にして伝えてくれた。そして状況が落ち着くまで返事を待ってくれている。ギルベルトに応えるのならば、恥ずかしくともきちんと言葉にするべきだ。

リーゼロッテはギルベルトを見上げて、言った。

「ギルベルトさまのことが好きです」

「……っ!!」

ギルベルトが雷に撃たれたかのごとく、動きを止めた。

何か返事をしてくれるかと思ったが、ギルベルトは瞠った瞳でリーゼロッテを見つめ続けたままだ。今更返事をしたところで、もう遅いのだろうか。

「……私、遅すぎたでしょうか……？」

「そんなことはない！　……いや……でも本当に？　実際に言ってもらえると、何だか夢を見ているようだ……。夢か？　これは夢かもしれん……」

ギルベルトが右手で自分の頬をつねる。痛みは確かにあるようで、ギルベルトがそのことに大きく目を瞠ったあと——ぎゅっとリーゼロッテを抱き締めてきた。

逞しい胸に顔を押しつけることとなり、息苦しい。このまま抱き潰されるのではないか。

「そうか、夢ではないのか!!　ああ、嬉しい!!　あなたも私を好きになってくれたんだな!!」

ギルベルトが子供のようにはしゃいだ声を上げる。そんな声を聞くのは初めてだ。

「あなたも私と同じ気持ちになってくれたとは……本当に嬉しい!!」

ぎゅうぎゅうと力を込められ、さすがに窒息するのではないかと危機感を覚えてしまう。

リーゼロッテは慌ててギルベルトの腕を軽く叩いた。

「ギ、ギルベルトさま……く、苦しい……です……っ」

「……すまん!!」

ギルベルトが慌てて腕を緩める。そして改めて包み込むように背中に腕を回した。

「嬉しい……」

（こんなに喜んでくださるなんて……）

想いを告げてよかった、とリーゼロッテはしみじみと思う。もっと喜んでもらいたくて、広い背中に自らも両手を回して抱き返した。

リーゼロッテはギルベルトの胸に頬を擦り寄せて言った。

「ギルベルトさまが……好きです……」

「ああ、私もあなたが好きだ……」

ギルベルトがリーゼロッテに頬ずりし、唇にそっとくちづけた。とても自然なくちづけを、うっとりと目を閉じて受け止める。

柔らかく何度か唇を啄まれたあと、ギルベルトが我慢できないというように唇で口を押し開き、舌を差し入れてきた。

熱くぬめった感触が口中を探り、リーゼロッテの舌を求めてくる。求める気持ちを隠さないくちづけはこれまで以上に激しく――けれどこの上なく甘いものだった。

激しいくちづけには、まだ慣れない。だがギルベルトの想いがとてもよく伝わってきて、蕩けるような心地よさがある。

リーゼロッテはギルベルトの胸にもたれかかり、絡みついてくる舌の動きに濡れた吐息を漏らした。

ギルベルトはリーゼロッテの唇をたっぷりと味わったあと、名残惜しげに舌先を最後まで触れ合わせるようにしながら唇を離す。息が弾み、潤んだ瞳でギルベルトを見返す。

それを見下ろして、ギルベルトがうっ、と息を詰まらせた。そして目元を赤くしながら目を逸らす。

「……ギルベルト、さま……？」

互いの想いを伝え合ったくちづけのあとに目を逸らされると、何か後悔でもあるのかと不安になってしまう。

ギルベルトは口元を押さえて言った。

「その顔……とても可愛らしくて色っぽくて……今すぐあなたを押し倒してしまいそうだ……」

自分はくちづけのあと、そんな顔をしていたのだろうか。求められているとわかって、リーゼロッテも顔を赤くする。

（でも……もっと触れて欲しい……）

ギルベルトに応えたいという気持ちが、今はとても強かった。

王女として、浅慮かもしれない。だが彼のものになりたいという想いは、一人の女性としてどうしても捨てきれない願いだった。

（ギルベルトさまは、私のためにならないことは決して……決してなさらないわ）

それはこれまでのギルベルトを見ていればわかる。これで裏切られたとしても――後悔は、ない。

もしも裏切られたときには、国のために民のために、全力でギルベルトと対峙するだけだ。

「ギルベルトさま」

そう内心で決意しながら呼びかけ、顔を上げる。ギルベルトがまだ目元を赤くしたままでこちらを見返した。

「あ、ああ……なんだ？　……し、心配しなくても、ここで押し倒すことはしないぞ！　こういうことは、きちんと手順を踏まなければならないものだからな！」

今の状況を解決させてエドガルを見つけ出し、正式に婚儀の申し込みをして——そんなふうに手順を踏むつもりなのだろう。だがもしもそれが叶わない状況になってしまったとしたら？

（私は愚かかしら。もしかしたら、ギルベルトさまの傍にいられなくなるときが来るかもしれない。その前に、一度でも身も心も愛されたいと思うことが……）

リーゼロッテは微笑む。

「私はすぐにでも……ギルベルトさまのものになりたいです……」

「……っ？」

ギルベルトが、信じられないというように大きく目を瞠った。

「……じ、自分が何を言っているのか、わかっているのか……？」

頷くと、ギルベルトは無言のまま瞳を眇める。心の奥底を見透かすような強い視線に気圧され、リーゼロッテは思わず息を呑んだ。

ギルベルトがリーゼロッテの頰に右手を伸ばし、優しく撫でた。

「あなたの言葉に……何か決意を感じる」

ドキリ、と鼓動が大きく震えた。だが何も言えず、沈黙を押し通す。

こちらが何も言わないことに苛立つ様子はない。ギルベルトは安心させるようにリーゼロッテに微笑みかけ、柔らかいくちづけを与えた。

「あなたの心も身体も手に入れることができてしまったら……私は何があってもあなたを放さない。それでもいいか？」

（何があっても……）

今はアルティナ王国の嫌疑を晴らすことができていない。一部の者たちには、反逆者扱いすらされている。

もし今以上に悪い立場になっても、彼は自分を愛して、傍に置くつもりなのだ。

自分よりもずっと強い覚悟を持って、ギルベルトはリーゼロッテを守ってくれている。

それを改めて感じ、リーゼロッテは再び泣きそうになった。

――彼のものになりたい。

嫌疑を晴らすことができず反逆者として罰せられたとしても、ギルベルトの想いがあればいい。だからその想いをもっと強く、刻まれたかった。

リーゼロッテはギルベルトを見上げて、微笑んだ。

「構いません。私の心と身体を、ギルベルトさまのものにして欲しいのです」

「……っ！」

ギルベルトがリーゼロッテの唇に、噛みつくように激しく深くくちづけた。痛いほどにきつく抱き締められ、このまま抱かれるのかとリーゼロッテの心は甘く疼く。

ギルベルトが熱い息を吐いて言った。

「……では、今夜、あなたを抱く」

直接的な、間違えようのない言葉で告げられ、リーゼロッテの鼓動が大きく脈打った。

（——今夜、ギルベルトさまのものになる……）

いつも通りでいたいと思うのだが、どうしても緊張してしまう。それが使用人たちに伝わらないように気をつけながらリーゼロッテは寝支度を整え、寝室に入った。

ベッドではギルベルトが少し落ち着かない様子で待っていた。リーゼロッテが近づくと、嬉しそうに——そしてどこか眩しげに瞳を細める。

「やっとあなたを……手に入れることができるんだな……」

求められることが、嬉しい。今夜は王女ではなく、彼に恋する一人の女性としてここにいる。

ギルベルトがリーゼロッテに手を伸ばそうとして、ふと、小さく苦笑した。

「……あなたを、壊さないようにしなければ……」

今夜、どれほどの想いを注がれるのだろうか。ドキドキして、何も言えない。

リーゼロッテは夜着の肩紐に自ら手を伸ばし、それをそっと滑り落とした。身体に沿って流れ落ちた薄く柔らかな生地は、あっけないほど簡単に足元に落ちる。

今夜のために、下着は着けていない。突然目の前に現れたリーゼロッテの裸身に、ギルベルトは息を呑んだ。

羞恥で小さく震えてしまい、ギルベルトを見返すことができない。

「私が、ギルベルトさまのものになりたいと望みました。だから……ギルベルトさまは私をどのようにしても構わないのです……」

「……っ」

ギルベルトが腕を掴んで引き寄せ、ベッドに引きずり込んだ。

勢いに驚いて見返すリーゼロッテの唇を、ギルベルトが深いくちづけで塞ぐ。角度を変えて噛みつくようなくちづけを与えながら、その裸身を大きな両手で隅々まで確認するように撫で回し始めた。

熱い掌の感触が心地よい。もっと触れて欲しくなる。

彼の手が首筋から丸みのある肩を滑り、そのまま二の腕から指先へと降りる。指の股を指先で擽ったあと、掌から腕の内側を撫で上げて脇の下に触れた。

甘い擽ったさに身を捩ると、次は胸の膨らみを包み込んでくる。

「あ……っ」

温もりを伝えるように優しく包み込まれ、リーゼロッテの身体の震えが少し止まった。

くちづけも与えられ続けていたため、緊張は徐々に溶けていっている。

ギルベルトが小さく息を漏らしながら唇を離し、リーゼロッテの表情を見下ろしながら胸を揉み込んできた。

「……大丈夫……か……？」

ゆっくりと十本の指が膨らみに沈み、反応を導くように蠢く。リーゼロッテは枕に頭を埋めながら、こくこくと何度も頷いた。

「……大丈夫、です……」

「気持ちいい……か？」

「……そ、れは……あ……っ」

恥ずかしくて答えられない。だが未熟な乳房をやわやわと揉まれると、とても気持ちがよかった。

(蕩けて……しまいそう……)

「……ああ、すまない。恥ずかしいだろうな……何も言わなくていい。あなたの顔を見て、あなたの喘ぎを聞けば……わかる」

ギルベルトが顔をじっと見つめながら、指の腹でまだ柔らかい胸の頂を捕らえた。ゆっくりと擦り立てられ、新たな心地よさに眉根を寄せる。

気持ちよさに感じてしまう表情をギルベルトに注視されるのは、思った以上に恥ずかしかった。見ないで欲しいと言いたいが、熱い瞳で食い入るように見つめられると、彼に委ねてしまう。

ギルベルトは今度は乳首を指の腹で軽く押し潰したり、指先で弾いたりしてくる。リーゼロッテの身体がびくりと跳ね、仰け反った。

「あ……あ……っ」

「……可愛い……」

ギルベルトが反応を見ながらさらに指で乳首を愛撫する。二つの粒はぷっくりと起ち上がり、固くなって、ギルベルトの指を楽しませていた。

「あなたのここ……とても可愛いな。私の指にこんなに反応してくれて……」

「あ……あ……ギルベルトさま……、あまり、見ない、で……」

熱っぽい視線から逃れるために、両手で顔を覆おうとする。だがギルベルトはリーゼロッテの両手首を頭上に上げ、左手だけで容易く押さえ込んでしまった。

「……駄目だ、隠さないでくれ。あなたが私の愛撫に感じて蕩ける顔が見たい」

「……あ……っ！」

ギルベルトが乳房の根元をぎゅっと強く掴む。そして固くなった乳首に頬を寄せると、舌で転がし始めた。

熱くぬめった舌先がコロコロと乳首を転がし、次いでちゅうっと吸い上げてくる。かと思えばかぶりつかれ、熱い口中で上下左右に嬲られ、時折耐えきれなくなったように甘く歯を立てられた。

「あ……あぁ……っ、んぅっ」

(何……これ……っ。気持ち、いい……)

刺激的な愛撫に身体が大きく震えた。

ギルベルトは反対の胸の頂も同じように執拗に愛撫しながら、じっと上目遣いに見つめてくる。濃茶色の瞳に浮かぶ劣情は、もう隠すつもりはないようだ。

見つめられただけで、下腹部の奥がきゅんっと疼いてしまう。

喘ぎを堪えようとするが、難しい。快感の涙が瞳を潤ませる。

胸を唇と舌と指でたっぷりと愛撫され、気づけば抵抗する力は溶けてなくなってしまっていた。ギルベルトは脇を撫で下ろし、腰のくびれを楽しむかのようにそこを何度か撫でたあと、太腿に触れた。

「あ……駄目っ。そこ、は……っ」

ギルベルトの唇が胸の谷間を下る。平らな腹部を啄み、臍の窪みを尖らせた舌で擽るように舐めてきた。

想像以上の快感がやって来て、リーゼロッテは身を捩る。いつの間にか手首の拘束は解けていて、リーゼロッテは枕をきつく握り締めていた。

「……や……あぁっ、ん……っ。そ、んなに舐め……たら……い、やぁ……っ」

そんなところに感じてしまうことが恥ずかしい。

ギルベルトは感じる場所を覚えるかのように、腰を両手でしっかりと抱き締めて臍を愛撫し続ける。

「あなたの身体の隅々まで、味わいたいと思っていたんだ……。あなたはどこもかしこも、美味しい……ほら、ここも。ここも……ああ、とても美味しい……」

言葉通り、ギルベルトの唇と舌はリーゼロッテの肌にむしゃぶりつくように様々な場所を味わってくる。食べられているかのような愛撫も、今はただ気持ちがいい。

リーゼロッテは無意識のうちに膝を擦り合わせた。

「……ギ……ギルベルト、さま……っ」

どこか物欲しげな口調になってしまっていることにも、気づけない。

こちらの反応に全神経を張り巡らせていたギルベルトには、伝わったのだろう。どこか嬉しそうに笑った唇が、ゆっくりと恥丘へと下っていく。

羞恥が一気に蘇り、逃げ腰になる。だがギルベルトの両手がしっかりと腰を掴んでいるため、逃げることができない。

それどころかギルベルトの肩が膝の間に入り込み、足が閉じられなくなっていた。

「あなたのここが……一番美味しいんだ……」

「ギルベルトさま……待……っ」

ギルベルトの舌先が淡い茂みをかき分け、蜜口に唇を強く押しつけた。ぢゅぅっ、と蜜を啜られる心地よさに、制止の声は小さな喘ぎに変わってしまう。

「あ……あぁっ、やぁ……っ！」

「……ん……っ」

ギルベルトは鼻先で花芽を揺さぶり、舌で花弁を舐め始めた。摑んだ腰を自分の口元に引き寄せるようにしながら、本能のままに口淫してくる。

一度味わわれているが、どうにも慣れそうにない。相反して蕩けるような快感に、身体は素直に反応してしまう。

「……ああ……やっ、駄目……汚い、のに……ああっ」

目尻から快楽の涙を零しながら、リーゼロッテは首を打ち振った。

「汚くなんてない。とても綺麗で……甘い……」

ギルベルトは熱い息を吐きながら、秘裂をねっとりと舐め上げ、尖らせた舌を割れ目の中に押し入れる。ぐにぐにと中をまさぐるように、舌が蜜壺の浅い部分をかき回してきた。

リーゼロッテは内腿を震わせながら枕を握り締め、小さく喘ぐ。

「……駄目……駄目、そこ、は……っ」

ギルベルトの舌が動くたびに淫猥な水音が上がり、秘所が濡れていることを教えられる。恥ずかしくて堪らないのに、羞恥すらも身体を昂ぶらせる要因になっていた。

「……ここも、尖って……可愛い……ん……っ」

舌が蜜口から引き抜かれると、今度は尖らせた舌先が花芽を嬲ってきた。花弁からほじり出すかのような激しい愛撫に、リーゼロッテは乱れた呼吸で打ち震える。

「は……はぁ……んぅ、んん……っ！」

舌先で激しく花芽を愛撫したままで、ギルベルトはゆっくりと中指を蜜壺の中に押し入れてきた。蕩けたそこは容易く根元まで指を受け入れる。

「……あっ、あぁっ！」

蜜壺の天井部分を擦りながら、中指が抜き差しし始めた。

抽送するように出入りしたあと、根元まで飲み込ませたまま、ぐいぐいと臍の裏部分を強く押し上げてくる。その間も花芽は舌で嬲られ続け、リーゼロッテは思わずいやいやと首を振っていた。

（嫌……っ、これ以上は私、変に……なりそう……！）

だがギルベルトの愛撫は止まらない。次第に腰の奥に疼きが溜まり、何かが溢れ出しそうになる。

何だか恐ろしくなり、リーゼロッテは泣き濡れた目を向けた。

「ギルベルトさま……も、もう駄目……これ以上は、駄目……っ！」

嘆願の声が聞こえているだろうに、ギルベルトは舌も指の動きも止めない。蜜壺の中に入り込む指の本数が増えていることにも気づけないまま、愛撫に乱される。

ギルベルトの指が一番感じる場所を突き上げ、花芽を強く吸い上げた。強烈な愛撫を同時にされてリーゼロッテは大きく目を見開き、絶頂を迎える。

「は……あああぁっ!!」

大きく仰け反り全身を震わせて達した蜜口から、とろりと熱い蜜が溢れ出す。ギルベルトはそれを愛おしげに舐め取りながら、指を締めつけてくる蜜壺のうねりに感じ入った息を吐いた。

「……はぁ……なんて、可愛いんだ……」

これまでの愛撫はまだ入口だったのだと、体感する。涙で霞む視界に天井を映しながら、リーゼロッテはせわしない呼吸を何とか落ち着かせようとした。

だがギルベルトの指と舌が、再び蜜壺や花芽への愛撫を始めた。達したばかりの身体が落ち着いていないのに新たな快感を与えられ、リーゼロッテはガクガクと震えるまま、容易く二度目の頂に押し上げられた。

「……ああっ!!」

肌が粟立つほどの快感を続けざまに与えられ、リーゼロッテは泣き濡れた嬌声を上げる。

今度こそ解放されると思ったのに、ギルベルトは執拗なまでに蜜壺を愛撫した。

何度も高みに押し上げられ、リーゼロッテの身体はぐったりと弛緩する。法悦に瞳はただぼんやりと開かれ、快楽の涙が枕を濡らした。

どれほど達すれば、ギルベルトは解放してくれるのだろう。

「……も、もう……無理、です……」

哀願の声が知らず零れる。

ギルベルトがようやく顔を上げ、身を離した。力なく投げ出されたままの足の間で、もどかしげに寝間着を脱ぎ捨てる。

霞む視界に、ギルベルトの裸身が映り込む。無駄のない引き締まった身体は汗ばみ、熱を孕んで、ドキリとするほど男の艶を放っていた。

だがその下腹部で反り返る長大な雄を見てしまい、リーゼロッテは息を呑む。

(あ、あれが……私の、中に……?)

ぼんやりとしか知らなかったことをはっきりと見せつけられた気がして、少なからず衝撃を受ける。だが本能はギルベルトを欲しているためか、蜜口が熱くひくついた。

(中に……入ってきたら……私はどうなるのかしら……)

熱い息を吐いて、ギルベルトがリーゼロッテの上に身を被せてきた。少し眉根を寄せた表情が、乱暴にしないように耐えていることを教えている。

胸がきゅんっ、と甘く疼いた。

「……辛くなったら……すぐに言ってくれ。またあなたを蕩かせてあげるから……」

懇願しても愛撫を止めなかったのは、彼のものを受け入れやすくするためだったのか。リーゼロッテは力の抜けた腕を何とか上げて、ギルベルトの頬を両手で包み込む。

「大丈夫……です……。ギルベルトさまの思うままに……」

ギルベルトが深いくちづけを与えてくる。そうしながら蜜口に膨らんだ雄の先端を押しつけ、蜜を絡めるようにぬちゅぬちゅと捏ね回してきた。

舌と指で与えられる愛撫とは違うが、これも気持ちがいい。

「……ん……っ」

ぬぷ……っ、と先端が花弁を押し割って中に入り込んでくる。その大きさと硬さに、リーゼロッテは息を詰めた。

(あ……嘘、こんな……大きいなんて……)

予想もしなかった圧迫感に、身体が強張る。

ギルベルトは宥めるように舌を搦め取り、官能的なくちづけを与えながらゆっくりと腰を押し進めてくる。くちづけは止まらず、両手は乳房を押し上げるように捏ね回し、指先で二つの頂を弄り回す。

覚えたての快感に身体が少し緩むと、ギルベルトが腰を進め——少しでも痛みを覚えて身体を強張らせると止まり、また愛撫を与えてくれた。

気遣ってくれているのがよくわかって嬉しいが、くちづけの合間に漏れるギルベルトの息は何かを耐えるように苦しげだ。

「……辛く、ないか……?」

問いかける声は優しさに満ちていたが、同じほどに辛そうだ。こんなに優しくしてくれるギルベルトに、満足に快感を与えられないことがもどかしい。

リーゼロッテは小さく首を振る。気遣われるだけでは嫌だ。

「ギルベルトさまも……私で、気持ちよくなって……欲しい、です……」

男女の情事などまったく知らないが、ここに至るまでの愛撫はとても気持ちよくて蕩けてしまうものばかりだった。羞恥を上回る快楽に何度も酔わせてもらったのに、自分が未熟なせいで辛い思いをしてもらいたくはない。

ギルベルトが小さく息を呑んだあと、困ったように眉根を寄せた。リーゼロッテの汗ばんだ額に張り付いた前髪を指で優しく払いのけると、言った。

「……自分の気持ちを優先したら……あなたが嫌だと言っても止められそうにない……」

それでいいのだと、リーゼロッテは淡く微笑む。ギルベルトはリーゼロッテをじっと見つめたあと、ついに観念したように苦笑した。

「ならば……遠慮はしない」

リーゼロッテの耳元に唇を寄せ、ギルベルトが低く囁く。色めいた声にぞくりと背筋が震えた直後、ギルベルトの雄が一息にリーゼロッテの中に根元まで入り込んだ。

不意打ちのように貫かれて、リーゼロッテは引き裂かれるような痛みと圧迫感に悲鳴を上げることもできない。

「……あ……っ」

(熱、い……!!)

蜜壺を強引に押し広げられる熱杭の感覚に大きく目を見開き、掠れた喘ぎを上げる。ギルベルトもまた熱い息を深く吐いて、抱え込むように抱き締めながらくちづけた。

「……大丈夫、か……?」

遠慮はしないと言ったのに、ギルベルトはリーゼロッテの呼吸が落ち着き、蜜壺がなじむまで動かないでいてくれる。その間も唇や目元に柔らかいくちづけを与え、乳房を優しく揉みしだいていた。

「……あ……はぁ……っ」

大切にしてくれる気持ちが伝わってくる愛撫に、リーゼロッテの身体も徐々に快感を覚えていく。痛みの奥から確かに心地よさが生まれ始め、かすれた喘ぎが熱っぽいものへ変わっていった。

（私の中に……ギルベルトさまが……嬉し、い……）

雄のかたちになじみ始めると、蜜壺がうねる。柔らかく締めつけられて、ギルベルトが軽く息を詰めた。

「……ん……」

今すぐにでも動きたそうに、ギルベルトは小さく腰を揺すった。ぎちぎちに押し広げられた蜜壺は覚え始めた快楽によって濡れていき、小さくぬちゅりと淫らな水音を上げる。

「……少しは……よくなっている、か……？」

ギルベルトが息苦しそうに問いかけてくる。内側からゆっくりと全身に広がっていく快感にどうすればいいのかわからず、リーゼロッテは涙目でギルベルトを見返すだけだ。

頬は鮮やかに紅潮し、瞳は涙で潤み、まだ残る痛みと感じ始めた快感にくちづけで濡れた唇は半開きになってしまっている。何を言えばいいのかわからないがそれでも何か答えようとするリーゼロッテの開いた唇の奥で、熟れたような赤い舌先が見え隠れしていた。男の欲を煽る表情をしていることに、リーゼロッテは気づけない。

ギルベルトが眉根を寄せた。

「……すまない、姫。もう……限界、だ……っ」

ギルベルトの腰が大きく引かれ、先端ギリギリまで男根が引き抜かれる。そのまま出て行かれるのかと思い、本能的に蜜壺がうねって絡みついた。

だが直後には再び奥深くまで、ずんっ！　と強く押し込まれる。

「……あぅっ!!」

衝撃にリーゼロッテは大きく喘ぎ、仰け反った。ギルベルトはリーゼロッテの身体に覆い被さり、餓えたように腰を打ち振り始めた。

「……あ……っ、あぁ……っ!?」

最奥をぐいぐいと押し広げる抽送に、リーゼロッテは喘ぎながら本能的に逃げ腰になる。

だがギルベルトは箍が外れたのか、リーゼロッテの両手に自分の手を重ね、指を絡めてシーツに押しつけながら腰を突き上げた。

「……駄目、だ……逃がさない……！　もう逃がさない……あなたのすべては、私のものだ……！」

熱く乱れた呼気の合間に、ギルベルトが言う。独占欲を表す言葉にドキリとし、それが求められる喜びに繋がって、蜜壺をさらに蕩かす。

(私のすべてはもう……ギルベルトさまのもの……)

「ギルベルトさま……好き、です……」

自然と零れた言葉にギルベルトは目を瞠り――さらに激しく腰を打ち付けてくる。

ギルベルトの律動に合わせて身体が揺さぶられ、リーゼロッテは惑乱し、ついにはいやいやと首を打ち振った。

柔らかな髪がシーツの上に乱れながら広がる。幾筋かが汗ばんだ肩口や腕に貼りついた。

ギルベルトが腰の動きを止めないままでリーゼロッテを見下ろし、うっとりと囁いた。

「綺麗だ……」

乱れる様子を食い入るように見られていることに改めて気づかされ、羞恥がこみ上げる。

だが肉壁を擦り立てられる快感の方が上回り、呑み込まされた肉茎を締めつけ続けてしまう。

「ああ……姫……リーゼロッテ……っ」

悩ましげにリーゼロッテの名を呼びながら、ギルベルトが倒れ込むようにくちづけてきた。強く抱き締められて息苦しくなるが、溢れんばかりの想いが伝わってきて、息苦しさも快感になる。

新たな絶頂の予感がやって来て、リーゼロッテはギルベルトの首に両腕を絡めてしがみつきながら仰け反る。ギルベルトもリーゼロッテの背中を支えるように抱き締め返しながらさらに腰の動きを速め、挿入を深く力強くしてきた。

今までにない大きな極みを感じ、ギルベルトの肌に爪を立てる。

「……っ!!」

あられもない喘ぎは、ギルベルトの唇に吸い取られる。リーゼロッテは恥丘をギルベルトの下腹に押しつけるようにしながら達した。

ビクビクと戦慄くリーゼロッテより一瞬遅れて、ギルベルトも達する。熱い精が迸り、最奥にびゅくびゅくと注ぎ込まれた。射精の刺激にも感じてしまい、身を震わせる。

(ギルベルトさまの想いが……私の、中に……)

互いに汗ばんだ身体をきつく抱き締め合い、ギルベルトがすべて注ぎ終えるまで、息苦しくともどちらからともなく深いくちづけを交わし続けた。

「あ……はぁ……ぁ……っ」

名残惜しげに唇が離れ、ギルベルトが目元に労りのくちづけを与えてくれる。すぐには離れず、まだ中に入ったままだ。

とても満たされた気持ちが、気怠い全身に広がる。ギルベルトはリーゼロッテの頬を滑り落ちた快感の涙を舌先で舐め取ると、こつりと額を押し合わせ、瞳を覗き込みながら笑った。

「素晴らしかった……」

感じ入った声が、ギルベルトの喜びを教えてくれる。リーゼロッテも恥ずかしげに微笑み返した。

「ギルベルトさまも……素敵でした……」

ギルベルトが頬を赤くする。

「そ、そうか。……その……痛みは、大丈夫、か……？」

ギルベルトが労るように下腹部を優しく撫でてくる。まだギルベルトの雄が納まったままで撫でられると、彼のかたちが改めてよくわかるようで、甘い声を上げてしまった。

「あ……っ、ん……だ、いじょうぶ……です……」

そんなつもりはまったくないのだが、ギルベルトには物欲しげな声に聞こえてしまったらしい。直後、ギルベルトの雄が一気に膨らみを増した。

圧迫感に驚いて見返すと、ギルベルトは申し訳なさそうに言った。

「……すまん……まだ、治まりそうにない……」

ギルベルト自身も自分の欲望を持て余しているように、少し途方に暮れた顔をしている。それが何だかとても愛おしく、リーゼロッテは安心させるように微笑んだ。

「私はもうギルベルトさまのものなのですから……」

(だからもう、我慢しないで)

心の声が聞こえたかのように、ギルベルトは言う。

「……もう一度……したい……」

はい、と頷くより一瞬早く、ギルベルトが腰を緩く動かし始めた。中に入り込んだまま、腰を捏ねるように押し回してくる。

緩やかな快感に追い上げられてぷっくりと膨らんだ花芽が、引き締まった下腹部に擦られ、押し揉まれる。リーゼロッテは小さく喘いだ。

少しは慣れたのか、快感がじわりとやってくる。

ギルベルトは喘ぎが甘く蕩けていることに安心したのか、腰の動きを大胆にしてきた。

痛みはまだあるが、それを上回る気持ちよさに濡れた喘ぎが止まらない。

「……あ……あぁ……ん……っ」

「……駄目、だ……。気持ちいい……もっと、動いて……いいか……？」

最後の理性で気遣いながらも、欲望がどうしても先行するようだ。何とか小さく頷くと、ギルベルトが膝を掴んで押し広げる。

濡れた場所を露わにするような体位に羞恥で真っ赤になるが、ギルベルトはすぐに臀部を掴んで軽く持ち上げつつ、腰を大きく打ち振ってきた。

「ああっ!!」

（さっきよりも深く、て……おかしくなりそう……っ）

腰をせり上げる格好になりながら深く穿たれ、リーゼロッテはシーツを握り締めて身を震わせる。ギルベルトは獣のような荒い呼吸を繰り返しながら、膝立ちになった。

「んぁっ!!　あぁっ!!」

膣壁に突き入れられる角度が変わり、先ほどとは違う快感がやって来る。ギルベルトはリーゼロッテがひときわ感じる場所を見つけると、執拗に攻め立ててきた。

「ああっ、そこ……駄目……駄目っ！」

涙混じりの声で言っても、ギルベルトは止まらない。

「ここが……いい、か……？　きつ、く……なってきた……っ」

ギルベルトが眉根を寄せ、射精を耐えようとする。だが蜜壺の絞り取るかのようなうねりに長くは保てず、低く呻いて欲望を放った。

「……ふぁ……っ！　あぁ……っ」

震える身体の奥に、また熱い精が放たれる。

リーゼロッテはぐったりとシーツに沈み込む。ギルベルトは最後の一滴を注ぎ込むまでぴったりと腰を押しつけたあと――大きく息を吐きながら自身を引き抜いた。

呑み込みきれなかった白濁が、肉棒の先端から糸を引く。リーゼロッテは汗ばむ胸を荒い呼吸で上下させ、力なく横たわるだけだ。

再び最奥を満たされる喜びが、唇に柔らかな微笑を浮かべさせた。

蜜口が、ひくつく。ギルベルトは投げ出されたしなやかな足の間をじっと見つめながら、顎先に滴り落ちた汗を手の甲で拭った。

ぼんやりと見返したがドキリとしてしまい、リーゼロッテは慌てて目を伏せた。

ギルベルトの手が胸元に伸び、柔らかく膨らみを捏ね回し始めた。その指先が官能的な愛撫を与えてくることに気づいて、リーゼロッテは軽く目を瞠った。

「ギ、ルベルトさま……あの……っ」

「もう一度だ。もう一度抱きたい……」

再び求められるとは思わなかったため、リーゼロッテは戸惑ってしまう。男女の仲のことなど知識としてしか知らないのだが、一度果てれば男性は満足するのではないのか!?

ギルベルトはリーゼロッテの身体に再び覆い被さり、足の間に入り込んできた。抵抗の力など残っているわけもなく、耳元で甘く想いを囁かれただけで心は蕩け、ギルベルトを受け止めてしまう。

(ううん、違うわ。私もギルベルトさまをもっと欲しがっているから……)

「リーゼロッテ……愛している……」

リーゼロッテも同じ想いを返すため、ギルベルトの唇に自分からくちづけた。


初めてギルベルトに抱かれた夜は、熱く激しく——とても甘いひとときだった。だが何度も求められて最後の方は気絶するように眠ってしまい、ギルベルトが一体いつベッドを出て行ったのかもわからない。

リーゼロッテが目覚めたのは陽もだいぶ高くなってからで、空腹ではないかとオスカーが気遣って使用人を寄越したからだ。もしそうでなければ、きっと丸一日眠っていたような気がする。

情事の名残は、ギルベルトが丁寧に清めてくれていた。

これまでは朝の身支度に抵抗など一切なかったが、今回ばかりは気恥ずかしくて堪らない。使用人たちはいつも通りにリーゼロッテの身支度を整え、昼食の準備をしてくれる。

食堂に向かう前に、使用人から二つ折りのカードを手渡された。仕事のために皇城に向かったギルベルトからだ。

『素晴らしい夜だった。あなたの寝顔は本当に可愛くて、仕事の都合であなたを置いていくことが辛い。今日はできる限り早く帰る』

どこか浮き立つようなギルベルトの文字に、昨夜の情事が思い出されて、耳まで真っ赤になってしまう。何となくこのカードを用意するギルベルトの様子が想像できた。

(何だか……照れてしまうわ……)

ギルベルトが帰宅したら、どんな顔をして出迎えたらいいのだろうか。気恥ずかしさと嬉しさと照れくささがない交ぜとなり、今からそわそわしてしまった。

第六章　陰謀の前触れ

ギルベルトは数種類の新聞を購読しており、それは図書室に保管されている。リーゼロッテはギルベルトが帰宅するまでの間、改めて紙面の記事を読み直し、自分が知る以上の情報はないかと調べてみた。

結局徒労に終わったが、嫌疑を向けられたにしては自国の厚遇は破格のように思えた。この対応を手ぬるいと苦々しく思う者たちも確かにいるのだろうが、それが表立っていないところも何か不思議な感じがした。

(ギルベルトさまが動いていらっしゃるから……?)

思案してみるものの、答えに結びつきそうなことは思いつかなかった。

読書用の椅子から立ち上がり、気持ちを切り替えるべく、新作が一旦納められている書棚へと向かう。

心引かれるタイトルを見つけて手を伸ばすが、背伸びをしても微妙に届かない。踏み台を持ってこようと思った直後、耳元でギルベルトの低く優しい声がした。

「この本でいいのか?」

いつの間に図書室に入ってきていたのか、ギルベルトがリーゼロッテの背後から手を伸ばし、目的の本を取ってくれる。気配にすら気づけず驚いて振り返ると、ギルベルトがちゅ……っ、と唇に甘いくちづけを与えた。

「ただいま」

「お……お帰りなさいませ……」

不意打ちのくちづけに頬を赤くしながら言うと、ギルベルトはリーゼロッテをこちらに向き直らせ、額や頬、目元に柔らかくくちづけてきた。仕事が終わったらすぐに戻るとは言っていたが、予想以上に早い帰宅だった。

「あ、あの……お早いお帰りだったのですね」

「速攻で仕事を終わらせてきた。あなたと一緒の時間を作りたかったから」

今度は耳元に唇を寄せられて、耳朶を軽く啄まれる。擽ったさと気持ちよさが混じり、リーゼロッテはギルベルトの腕の中で身を震わせた。

欲しいと望んでくれるのならば、応えたい。昨夜、自分の身体に感じていたときのギルベルトの男の艶を含んだ表情には、とてもドキドキした。

自分が彼を悦ばせているのだと思うと、誇らしくもなった。

だがギルベルトが欲しいと言ってこない場合は、どうすればいいのだろう。男の誘い方などわからない。

誘うこと自体がひどく淫らだと呆れられてしまうかもしれないと思うと、リーゼロッテは所在なげにもじもじと身じろぎするだけだ。

それをギルベルトはどうやら誤解したらしい。慌てた口調で言ってくる。

「あ……いや、今はその……くちづけだけで、いい。あなたを抱きたい気持ちはあるが、昨夜は無理させてしまった。しばらくは何もしないから安心して欲しい」

「……何も……しないのですか……?」

気遣われているとわかっていても、無性に寂しく、不安にもなってくる。リーゼロッテは思わず問い返してしまい――ギルベルトの驚いた表情を認めて、耳まで赤くなった。

「あ、あの、ごめんなさい。私、変なことを言ってしまって……!」

ギルベルトがふいに真面目な顔になり、身を寄せてきた。本棚とギルベルトの身体の間に挟み込まれるような体勢になり、戸惑って見上げる。

見下ろしてくる濃茶色の瞳には、昨夜と同じリーゼロッテへの情欲が滲んでいた。

「……正直な気持ちを言えば、あなたを抱きたい。今ここで……すぐにでも」

飾らない直接的な言葉に、リーゼロッテはドキリとする。結ばれるまでの間、ギルベルトがどれだけ我慢していたのかと嫌でも気づかされた。

リーゼロッテは顔を赤くしながらも、小さく頷いた。直後、ギルベルトがリーゼロッテを本棚に強く押しつけ、唇を貪ってきた。

性急に舌を搦め取られる深いくちづけを与えられ、ギルベルトの熱情にあっという間に酔わされてしまう。ギルベルトはそのままで、身体の輪郭を確かめるように性急に撫で回してきた。

左手が腰に絡んで強く引き寄せ、右手が片方の乳房を掴み、緩急をつけて捏ね回す。外出しないからとコルセットを着けていなかったため、ギルベルトはあっという間に頂を探り当て、指で摘まんで擦り立てた。

求める気持ちのままの強く激しく――けれども甘い愛撫に、リーゼロッテの意識は徐々に蕩けていく。

「……ん……んぅ……ん……」

(私の身体が……ギルベルトさまに触れてもらえて喜んでいるのだわ……)

ギルベルトが唇を離し、ふいに足元に跪いた。リーゼロッテは、どこかぼんやりとした瞳を足元に落とす。ギルベルトが両足を官能的に撫で上げ、下着に辿り着くとそれを引き下ろし、足から抜いた。

ギルベルトはスカートをたくし上げると、右足を押し戴くように持ち上げる。

「あ……っ？」

重心が崩れ、本棚にもたれかかる。ギルベルトが持ち上げた足を肩に掛けさせると、スカートはめくれ上がったままになり、足も閉じられなくなってしまった。

すでに蜜口から蜜が滲み出していて、かすかにぬちゅりと淫らな音が聞こえる。

絹の長靴下だけの下肢を露わにされ、リーゼロッテは真っ赤になり、慌ててギルベルトを止めようとした。

「……ギルベルトさま……あ、やぁ……っ」

ギルベルトは両の親指で花弁を捕らえると、優しく蜜口を押し広げた。

「……ああ……昨夜私を受け入れたせいで腫れてしまっているな……すまない」

とても申し訳なさそうに言って、ギルベルトの指が労るように蜜口をそっと撫でる。リーゼロッテは思わずスカートを握り締めた。

「……んっ、気に……なさらないで……嬉しかった……です、から……」

ギルベルトが嬉しそうに微笑んだ。

昨夜激しく求められたせいかそこは少しひりついている。リーゼロッテはかすかな痛みと、愛蜜を塗りつけるような指の気持ちよさに小さく喘いだ。

「だが痛々しくて、可哀そうになる……だから……」

「……あ……っ」

ギルベルトが蜜口に頬を寄せ、唾液で濡れた舌で割れ目を丁寧に舐め始めた。

花弁に滲んでいく蜜を舐め取り、時折舌を尖らせて蜜壺の浅い部分をゆっくりと掻き混ぜてくる。敏感な花芽にも舌を巻きつけるように愛撫が与えられた。

ギルベルトの舌が動くたびに、ちゅぷ、くちゅんっ、と小さな水音が上がる。労りと優しさに満ちた愛撫はとても心地よい。

リーゼロッテは本棚に背中を強く押しつけ、ギルベルトの濃い金髪を握り締めながら小さな絶頂を迎えた。

「……あー……っ！」

ギルベルトは溢れ出た蜜を愛おしげに味わってから顔を上げた。いつの間にか目元から零れていた快楽の涙を、ギルベルトが嬉しそうにくちづけで拭ってくれる。

「……気持ちよくなってくれたか……？」

すぐには答えられずに荒い呼吸だけをしていると、ギルベルトは右手で手早く自分の腰元を緩めた。半勃ち状態になっていた肉茎を摑み、蜜口に押しつける。

丸みのある亀頭が、花弁を押し広げるようにぬるぬると擦ってきた。膨らんだ花芽も亀頭で弄り回される。

甘い欲望が生まれ、蜜口をひくつかせる。リーゼロッテは思わず期待に息を乱した。

だが猛った雄は、蜜壺の中に入ってこようとしない。意地悪な愛撫には思わず涙目になってギルベルトを見返す。

ギルベルトはリーゼロッテを睫が触れ合いそうなほど近くで見下ろしながら言った。

「……今は、あなたの中に入らなくても……大丈夫だ。こうして……擦りつけるだけで」

「で、も……あ……んぅっ」

花芽から蜜口を、亀頭で擦られる。上下に擦られると愛蜜が肉茎に絡み、ぬちゅぬちゅといやらしい水音が高くなった。

「こうしているだけでも……ああ……とても、気持ちがいい……」

ギルベルトが悩ましげに眉根を寄せて、熱い息を吐く。間近で男の色気ある表情を認め、リーゼロッテの胸が高鳴った。

ギルベルトの腰が、欲望のまま前後に動く。蜜壺の中に入っていないのに甘い揺蕩うような快感を覚えて驚きながら、リーゼロッテは蕩けた瞳を向けた。

(擦られるだけなのに……こんなに気持ちがいいなんて……)

「……ああ、駄目、だ……もう……っ」

ギルベルトの動きが速くなる。肉竿を割れ目に添わせながら擦り立てられると、腰の動きに合わせて亀頭が花芽を突き上げてきて気持ちがいい。

「……はぁ……あっ、んっ、んぁ……っ」

溢れ出る蜜が潤滑剤となり、ぬめった感触も快感を高める。互いの荒くなる呼吸音が同調し始め、同じ高みを目指していることを実感した。

「……リーゼロッテ、姫……」

ギルベルトが愛おしげに名を呼ぶ。その声にも感じてしまい、リーゼロッテは身を震わせた。

ギルベルトの腰が今にも中に入りたげに動くが、変わらずに擦り立てるだけなのに――それでも確実に絶頂がやってくる。リーゼロッテはギルベルトの肩を強く摑んで達した。

「……あああっ!!」

ビクンビクンと戦慄く蜜口にギルベルトは肉竿を何度も激しく擦りつけたあと、低く呻いて胴震いし、リーゼロッテの首筋に顔を埋めた。

先端から熱い精が迸り、腹部から内腿に掛けて汚していく。どろりとしたものが肌を濡らしていく感触に、リーゼロッテはさらに身を震わせた。

ギルベルトがはあはあと乱れた呼吸を繰り返しながら、耳の下辺りに吸いついてくる。

「……あ……っ、まだ、駄目……っ」

達した身体は敏感になっていて、軽いくちづけでもひどく感じてしまう。ギルベルトは嬉しそうに笑い、今度は唇に柔らかくくちづけた。

「とても可愛い……」

その言葉に赤くなって顔を伏せる。恥ずかしがるリーゼロッテの態度も可愛らしいと思っているのか、ギルベルトは上機嫌だ。

互いの呼吸が落ち着くまでギルベルトは優しいくちづけを繰り返したあと、身なりを整える。そしてリーゼロッテの身体を抱き上げた。

「汚してしまったな。すぐに入浴しよう。あなたは私が洗ってあげよう」

「……いえ！　大丈夫ですから！」

「駄目だ。あなたの今の色っぽい顔は、私以外の誰にも見せたくない」

そんな顔をしているつもりはないと、リーゼロッテは慌てて両手で頬を押さえる。ギルベルトがますます上機嫌に笑った。


皇城内の軍関係の施設がまとめられている区画内に、ギルベルトの執務室は用意されている。出仕するときはここで執務をしていた。

オスカーを侍らせ、定期訓練の内容の確認をしたあと、『例の件』についての現状を聞く。合間に指示を出しつつ、ギルベルトは状況が少し変わってくる気配を感じ取った。

「……焦ってきているな」

「はい、そのように思われます。あともう少しかと……」

言葉尻に被さって、こちらに苛立たしげに近づいてくる足音が聞こえた。ギルベルトはオスカーに目配せし、会話を止める。

「――ねえ、ギルベルト！　帝国軍はいつの間に無能に成り下がったんだい⁉」

ノックもなく扉を荒っぽく開けながら足を踏み入れ、叱責の声を上げるケヴィンに、ギルベルトは無言で目を向ける。

無礼極まりない態度に、オスカーが笑顔の下に怒りを滲ませた。……無論、それはギルベルトだけにしかわからないものだったが。

「主人は執務中でございます。ご用件はまずは私を通してくださいませ」

慇懃無礼な態度にケヴィンは不快感を露わにした。眉根を寄せ、鋭くオスカーを睨みつける。

「従者風情が私に意見するな！」

「……オスカー、少し席を外してくれ」

オスカーは少し躊躇ったあと、仕方なさそうに頷いた。ギルベルトにだけ一礼してから執務室を後にする。

「ずいぶん荒っぽい訪問だな。どうしたんだ」

「どうしたもこうしたもないよ！　エドガル王は一体いつになったら見つけられるわけ⁉　もうすぐ一ヶ月になるんだよ？　君の軍はいつの間にこんなに無能になったのかな⁉」

「エドガル王を未だ発見できていない非は、指示している私が無能なのであって、部下たちに罪はない。すまん」

ギルベルトは小さく頭を下げる。ケヴィンは怒りの矛先をそれ以上ギルベルトに向けることができなくなり、低く唸った。

「君のそういうところが！　私は大嫌いなんだけれどね!?」

「どうして嫌われるのかがわからないな……。悪いと思ったら頭を下げる。それは当然のことだろう」

ケヴィンが大きく息を吐いた。

「……ああ、わかった。不毛な争いは止めよう。私が知りたいのは、エドガル王はいつ見つけられるかということなんだけれど」

「足取りがまったく摑めていないんだ」

ギルベルトの言葉にケヴィンはもう一つ大きく息を吐いた。そして底光りする瞳を鋭く向ける。

「ねえ、おかしいと思わないかな？　君がこれだけ動いているのに、エドガル王の足取りがまったく摑めないなんてこと、あり得るの？」

「私に期待を掛けてくれているのか？　……お前にしては珍しいな……」

「気持ち悪いことを言わないでくれる!?　私は、誰かがエドガル王を隠しているんじゃないかと思っているんだよ」

ギルベルトの頬が、引き締まる。ケヴィンは探るような声音で続けた。

「陛下は君をとても優秀な男だと信頼しているよ。そういう君が、未だにエドガル王一人を見つけられないって、私にはおかしいとしか思えない。陛下の信頼に応えるように君は常に努力してきたし、それだけの実力があるはずだ。なのにまだ見つけられない……ねえ、ギルベルト。君がエドガル王を隠してるなんてこと、ないよね？」

「ないな」

ギルベルトは即答する。そしてすぐに問い返した。

「そもそも、お前がそんなふうに私を疑う根拠は、どこにあるんだ？」

「リーゼロッテ姫だよ」

ギルベルトがほんのわずか、眉根を寄せる。ケヴィンはギルベルトの反応を見落とすまいと、じっとこちらを見つめたままだ。

「君は姫のことが気に入っているみたいだからね。姫にそそのかされて、エドガル王を匿ってもおかしくないように思えるんだ。だって今の君は、姫を性欲処理の相手としてではなく——恋人のように大切にしているだろう？」

ギルベルトは答えない。無言のまま、ケヴィンを見つめ返す。

ここで反論し、揚げ足を取られては面倒だ。ギルベルトはケヴィンへの苛立ちを呑み込み、リーゼロッテのためだと必死に言い聞かせることで耐える。

自分が望む答えを得ることができなかったからか、やがてケヴィンが苛立たしげに背を向けた。

何も言わず、そのまま部屋を出て行こうとする。帰るときも失礼な男だ。

「おい、ケヴィン。せめて帰るときくらいは挨拶をしていけ」

「嫌だね」

子供じみた反論の声音に、しかしなぜか不思議な威圧感を覚える。ケヴィンは扉に手を掛け——一瞬だけこちらを肩越しに振り返って、言った。

「私はお前が嫌いなんだ」

殺意にも似た呟きに、ギルベルトは思わず息を呑む。その間にケヴィンはさっさと部屋を出て行ってしまった。

廊下でケヴィンが出てくるのを待っていたオスカーが、入れ違いに部屋に入ってくる。

「ギルベルトさま、大丈夫ですか?」

「……ああ、大丈夫だ……」

そう答えながらも、ギルベルトは嫌な胸騒ぎを覚えた。

元々ケヴィンには好意を持たれていない。うまが合わないのだろうと思っているのだが、今の呟きには何か別の意図が含まれていたようにも思える。

(姫に、何か……するつもりでは……)

「……オスカー」

呼びかけられる声に何かを感じ取り、オスカーは頬を引き締めて主人を見返した。

「姫に近づく者には、これまで以上に注意をしておいてくれ」

城から自邸に戻ったあとも、ギルベルトは執務室でオスカーとともに仕事をしているようだった。晩餐の時間には食堂に姿を見せ、リーゼロッテと一緒に食事をしてくれたものの、食後の茶を飲み終えればまた執務室に戻ってしまう。

リーゼロッテが寝支度を終えても、ギルベルトは寝室に戻ってこなかった。

もしかしたら、兄の行方に関わることで忙しいのではないだろうか。少しでも何か話を聞けないか、あるいは何か手伝えることはないかとリーゼロッテは考え、ギルベルトに茶を差し入れた。

まだ起きていたリーゼロッテにギルベルトは驚いたようだったが、差し入れを喜んでくれる。少しでも言い淀んだら止めるつもりで、リーゼロッテは思い切って尋ねた。

「……兄のことで、お忙しいのでしょうか……」

ギルベルトは一瞬躊躇ったあと、苦い表情で頷いた。リーゼロッテは勢い込んで身を寄せる。

「兄は……兄は無事でしょうか。何かわかったのでしょうか？」

少しでも状況が知りたくて、声は急いたものになる。ギルベルトはしばし考え込んだあと、リーゼロッテを引き寄せた。

ぎし……っ、と執務椅子を回転させて膝の間に挟みこむように立たせると、ギルベルトはこちらを見上げて小さく言った。

「多くはまだ語れない。だが……」

ギルベルトはリーゼロッテの頬を両手で包み込み、くちづけるように引き寄せながら耳元で囁いた。

「──彼は、無事だ」

（ああ……！）

安堵に思わず泣いてしまいそうになり、リーゼロッテはギルベルトに抱きついた。両腕が背中に回って、宥めるように優しく撫でてくれる。

現状は、まださっぱりわからない。それでも今の言葉で、彼が自分と同じように兄を守ってくれていることがわかった。

「……ありがとう……ございます……」

辛うじて涙を呑み込みながら、小さく礼を言う。ギルベルトはリーゼロッテを膝の上に横座りさせると、申し訳なさそうな表情で目元にくちづけた。

「礼は言わないでくれ。結局はあなたに何も伝えられていない……」

「いいえ、何かお考えがあってのことだと理解しました。今はそれだけで充分です」

ギルベルトが安堵の笑みを浮かべる。

多くを語れないと言ったギルベルトの言葉から推し量り、リーゼロッテは声を潜めて続けた。

「……もしやこの屋敷に内偵がいるかもしれないと……？」

「自分の屋敷の使用人を疑いたくはないが、可能性は捨てきれない。その者にそのつもりがなかったとしても、言葉巧みにこちらの状況を聞き出されているということもある。念には念を……」

答えるギルベルトの声も潜められたままだったが、ふと何かに気づき、耳を澄ます。リーゼロッテが訝しげな目を向けると、ギルベルトは耳元に唇を寄せて囁いた。

「すまない、誰かの気配がした……しばらく黙っていてくれ」

リーゼロッテは思わず両手で口を覆ってしまう。まさか本当に内偵者がこの屋敷にいて、自分たちの様子を窺っているのだろうか。

（でももしもそうだとしたら……黙っているよりはギルベルトさまの愛人として振る舞った方がいいのではないかしら……？）

リーゼロッテはギルベルトに身を寄せ、耳元で囁いた。

「誰かがいるのでしたら……私を、愛人として扱っている振る舞いをするのが……いいのではないかと……」

「……ああ、なるほど……」

ギルベルトが腰から背筋をゆっくりと撫で上げながら苦笑した。

「外の奴にあなたの可愛らしい声を聞かせるのは不本意だが……いい、か……？」

声は熱く、隠しようのない情欲が滲んでいる。いつもは包み込むような優しさを見せてくれるギルベルトだったが、情事のときはその優しさも欲望に負けてしまうことがあった。それをリーゼロッテは身をもって知っている。

優しく抱かれるのも、欲望のままに求められるのも、どちらもリーゼロッテには大差ない。すべてギルベルトが自分を求めているとわかるからだ。

「ギルベルトさまになら……どんなことをされても、いいのです……」

ギルベルトが小さく息を呑んだ直後、リーゼロッテに噛みつくように深くくちづけてきた。そうしながら少し荒っぽい仕草でリーゼロッテを抱き上げ、机の上に座らせる。

ギルベルトの右手が机上の書類を払い除けた。ばさばさっ、と紙が床に舞い落ちる。

「……んんっ！」

ギルベルトはリーゼロッテの背中を机上に押し倒し、覆い被さってきた。引き裂くような勢いで夜着をはぎ取ると、激しく熱いくちづけに蕩けてしまったリーゼロッテの下着の脇から蜜壺の中に指を呑み込ませ、感じる場所を集中的に攻めてくる。

「……ああっ！　あっ、んぁっ！」

声を抑えることもできない激しい指の動きだ。まるで犯されるようで――けれどギルベルトの想いが伝わってくるから、身体は悦びの反応を示してしまう。

左手がリーゼロッテの胸の膨らみを摑み、指先で頂を弄り回してくる。強引に快感に押し上げる情熱的な愛撫にリーゼロッテは小さな絶頂を迎え、喘いだ。

「……ああっ!!　ギルベルトさま、激し……っ！　あー……っ」

「……いい、声……だ……堪らない、な……もっと、聞かせてくれ……っ」

興奮した声で言ったギルベルトが、腰元を手早く緩める。下着を脱がせるとリーゼロッテの両足首を摑み、踵が机上に乗るほどに大きく広げさせた。

恥ずかしいと思う間もなく、高ぶった肉竿が一息に根元まで入り込んでくる。ずちゅんっ、と互いの腰がぶつかり合い、湿った水音が立ち上がった。

性急に最奥まで貫かれ、リーゼロッテは大きく目を瞠った。

「……あ……っ」

蜜壺はすぐにギルベルトの雄を嬉しげに締めつける。ギルベルトがリーゼロッテの肩を机上に押しつけるように摑み、腰を激しく打ち付け始めた。

「……ああっ！　あぁっ!!」

　互いの肌がぶつかり合う湿った音が上がる。最奥を押し広げるかのように深く強く入り込んでくるギルベルトの動きにリーゼロッテは本能的に逃げ腰になるものの、肩をがっちりと押さえつけられてしまってはされるがままになるしかない。

　貪られるような仕草は、新たな強い快楽を与えてくる。このまま滅茶苦茶にされ、壊されてもいいとすら思えた。

「ギルベルトさま……っ、ギルベルトさまぁ……っ」

　ひたすらに愛しい人の名を呼ぶ。それすらも快感に繋がった。

　抽送の激しさで、まろやかな乳房が上下に揺れ動く。その様子もギルベルトの劣情を煽るらしく、腰の動きはさらに激しくなった。

「は……っ！　リーゼロッテ……っ」

　いつになく乱れる姿を情欲にまみれた瞳で見つめながら、ギルベルトが円を描くように腰を押し回してきた。花弁や花芽が引き締まった下腹部に擦り立てられる気持ちよさに、高い喘ぎが零れてしまう。

「……ああっ!!」

　自分のこの声が、こちらを窺っていた者に聞こえただろうか。

（……ああ、でももう……どうでも、いい……）

　理性は、与えられる愛撫に合わせてどんどん溶けていく。ギルベルトが絶頂を目指し、小刻みに力強く腰を打ち振った。

「……っ!!」

二人同時に達し、蜜壺の中に熱い精が注ぎ込まれる。だが最後の一滴まで中に注ぎ込んでも、ギルベルトはリーゼロッテの腰を放さない。

「……ふ……はぁ……っ」

荒い呼吸を繰り返しながら、ギルベルトが下腹部を優しく撫でた。まだ男根が根元まで納まったままだからか、軽く撫でられただけでも蜜壺がきゅっと締まるほどに感じてしまう。

その反応に、ギルベルトが小さく笑った。どこか嗜虐的(しぎやくてき)にも見える笑みも魅力的で、ドキリとする。

「まだ……付き合ってもらえそうだな……」

「ギ、ルベルトさまの……お望みのままに……」

愛人らしい言葉を返したものの、それは本心だ。

ギルベルトはその言葉に再び嬉しそうな笑みを零し、腰を両手で摑んで引き寄せる。入れられたまま動かれて身を捩るが、ギルベルトは危なげなく執務椅子に腰を下ろした。

「あ……うん……っ」

椅子に座ったギルベルトを跨ぐこの体位は、彼の肉竿を否応なく深く受け入れてしまう。

何もしなくとも自重でぐっ、と子宮口を押し広げられているような感覚に襲われ、リーゼロッテはギルベルトの腕を摑んで身を震わせ、喘いだ。

（深く、て……気持ち、いい……っ）

それだけでも過ぎる快感なのに、ギルベルトはリーゼロッテの足を肘置きに引っかけて大きく開くと、ずんずんと腰を突き上げてくる。

「……あ……っ、んぅ……っ！」

足を開かされたままのため支点が結合部のみとなり、息苦しいほどの快感がやって来る。リーゼロッテは快楽の涙を零しながら大きく目を見開き、仰け反った。

「……あ……きゃぅ……っ」

背もたれがないため仰向けに倒れ込みそうになり、下半身に力を込めてしまう。ギルベルトの両手がしっかりと腰を支えてくれるから落ちることはなかったが、いつも以上に蜜壺の締めつけが強くなる。

ギルベルトが低く呻いた。

「……こ、れは……すごい……我を……忘れそうだ……っ」

「あ……あぁ……ギ、ルベルトさま……」

ギルベルトが胸に顔を埋め、乳首を口に含んで舐め回しながら腰を突き上げてきた。リーゼロッテはギルベルトの腕を摑んで身を支えるが、どうしても不安定さに慣れずに下半身に力が籠もり、何度も何度も肉竿をきつく締めつけてしまう。

ギルベルトはそのたびに呻きを呑み込み、突き上げを激しくする。揺さぶり上げられ、リーゼロッテは自然とギルベルトの引き締まった腰に両足を絡めた。

「あ……ああーっ!!」

結合がますます深くなり、リーゼロッテは身を捩る。ギルベルトもまた理性が飛んでしまったのか、ガツガツと腰を突き上げ続けた。

新たな絶頂に向けてリーゼロッテが喉を逸らす。ギルベルトがリーゼロッテの背中と腰を押し潰しそうなほどの強さで抱き寄せながら、喉元に吸い寄せられるようにくちづけた。ちゅぅ……っ、と強く吸われ、赤い痕がつく。

ギルベルトは嬉しげに息を吐くと、くちづけの痕に舌を這わせてきた。絶頂を迎えた身体はひくつき、ギルベルトの舌に舐められただけでひどく感じ入ってしまう。

一度果てたばかりのせいか、リーゼロッテが達してもギルベルトはまだ吐精せず、中に納まった男根は硬度と大きさを保ったままだった。まだ満足していないのだと教えられて、リーゼロッテは甘い恐怖にも似た感覚で震える目をギルベルトに向ける。

求められることは嬉しい。だがこれ以上抱かれたら、自分はどうなってしまうのだろうか。

ギルベルトがリーゼロッテの腰を抱き上げ、自身を引き抜いた。自分の中から抜かれる感覚にも打ち震える。すべての感覚がギルベルトに向けられていて、髪に触れられただけでも達してしまいそうなほどだ。

ギルベルトの足の間に立たされるが、続けざまの二度の絶頂を迎えたせいで膝が震えていて、縋るものがないと立てない。

「もっと、したい……足りない……っ」

「……あ……っ！」

ギルベルトがリーゼロッテの身体を、執務机の背後の窓に押しつけた。執務中だったためにカーテンは引かれておらず、毎日綺麗に拭き清められている窓ガラスに火照った身体が押しつけられる。

すぐさまギルベルトが背後からリーゼロッテの臀部を摑み、割れ目を押し広げて中に入り込んできた。

「……あー……っ!!」

挿入はゆっくりだったが、ずぷずぷと容赦なく根元まで押し入られる。膨らんだ亀頭にねっとりと蜜壁を擦り立てられ、リーゼロッテはガラスに縋りついた。

（そ……んな……立ったままで、なんて……っ）

初めての体位が教えてくれる快感に、リーゼロッテは目を瞠る。

ギルベルトが腰を揺さぶってくる。同時にガラスについた両手に自分の手を重ね、リーゼロッテに身を押しつけてきた。

ひんやりとしたガラス面に乳房が押し潰され、律動に合わせて乳首が擦り立てられる。ガラスの冷たさは数瞬後には人肌の温もりを宿し、リーゼロッテの呼気で曇り始めてきた。

「あ……っ、んぅ……んぁ……っ」

「リーゼロッテ……好き、だ……！　好きだ……！」

熱を孕んだ囁きが、右耳に吹き込まれる。ギルベルトの舌がそのまま耳殻を舐め、尖らせた舌が耳穴に潜り込み、ぬちゅぬちゅと舐め回してきた。

窓ガラスが外れてしまいそうなほどの強さで突き上げられ、リーゼロッテは快感に眉根を寄せながらふとガラス面を見やる。耳元に顔を埋めたギルベルトが、ガラス越しにリーゼロッテの顔と痴態を見つめていた。

目が合って、心臓が痛いほどにドキリとする。

この時間は不要に外に出る者はいないし、この窓の下を通る者もいないだろう。だが確実ではない。

もし誰かが下を通り、自分たちの情事に気づいたとしたら。

「……ギルベルトさま……っ！」

リーゼロッテは振り返り、慌てて制止の声を上げようとする。

ギルベルトがすかさず深いくちづけで唇を塞ぎ、突き上げを激しくした。さらに左足を

腕に引っかけるようにしながら持ち上げてくる。

まるで繋がった場所を見せつけるかのような体位だ。羞恥と困惑に息を呑むが、ギルベルトの容赦のない突き上げが与えてくる快楽によって、何も考えられなくなってしまう。

「……ギ、ルベルト……さま……だ、れかに……見られた、ら……」

くちづけの合間に辛うじてそう言う。声を聞かせることと、情事を見られることでは羞恥の度合いが違いすぎた。

だがギルベルトは今度は繋がった場所に右手を下げ、くりくりと花芽を指で摘まみ、擦り立ててきた。

感じる場所を同時に攻められては堪らない。ひときわ大きな喘ぎを上げ、男根をきつく締めつける。

ギルベルトが息を詰めたあと——さらに激しく腰を振った。

「……あなたが、誰のものなのか……知らしめたい……」

「あ……あ、駄目……一緒は、駄目……っ」

「あなたのこれほど淫らで美しい姿は、私の前でだけしか……見られないものだと、すべての者に教えてやりたい……！」

「……ああっ!!」

ギルベルトの左手が、乳房を鷲摑んで捏ね回す。次々と与えられる激しい愛撫と力強い突き上げに理性は蕩け、快楽を受け止めるだけで精一杯になってしまう。

ギルベルトも次第に余裕がなくなり、獣じみた動きでリーゼロッテに腰を打ち付ける。首筋に噛みつく勢いで吸いつかれ——同時に絶頂を迎えた。

これまで以上の激しさに、がくりと膝をつきそうになる。ギルベルトが後ろから抱き支え、落ち着くまでくちづけで宥めてくれた。

「……大丈夫か……?」

「……は、い……」

(とても……すごかった……こんなギルベルトさまは初めて知るわ……)

ギルベルトの新たな一面を知って、驚く。だが嫌悪感はない。それどころか素敵だと思ってしまう。

リーゼロッテの身体を両腕で包み込み、ギルベルトはドアの外へと耳を澄ます。そして小さく笑った。

「もう誰もいないようだな」

「……そ、うですか……良かった……」

「あなたの身体を汚してしまった……。このまま私と一緒に風呂に入ろう」

以前と同じ状況になると慌てて遠慮するより早く、ギルベルトは手早く身なりを整え、抱き上げる。

抵抗したところでギルベルトの腕から抜け出せるわけもなく——結局その夜はギルベルトと一緒に入浴し、浴室内でも甘く淫らなひとときを過ごすことになってしまったのだった。

朝食を終えたリーゼロッテは、ギルベルトが執務室に向かうのを見送ったあと、庭の散歩をすることにした。

これまでは使用人たちの隠しきれない興味本位の視線を感じてとても居たたまれなかったが、今はさほど気にならなくなっていた。詳細はまだ聞かされていないものの、エドガルが無事であることが何よりもリーゼロッテを心強くしている。

同時に、ギルベルトが自分を恋人として大切にしてくれているとわかるからだ。

(お兄さま……早く会いたいわ。会って、本当に無事だと確かめたい)

お互いの無事を確認し終えたら、たくさん話したい。ギルベルトと想いを通じ合わせたことも、知らせたかった。

再会を思い描きながら、リーゼロッテは裏庭の散歩を楽しむ。

門から正面玄関に続く庭は見た目を重視してきっちりと整備され華やかだったが、裏庭は家人がゆったりと楽しめるように人の手をあまりかけない造りをしていた。

そこにはアーチ状の骨組みに蔓薔薇が絡みついた短い通路がある。中に入るとまるで薔薇の回廊を歩いているような感じがして素敵だった。

明るい日差しが緑の合間から降り注ぎ、それもとても気持ちいい。ほんのりと薔薇の香りもして、リーゼロッテの心を優しく癒やしてくれる。

庭の端には使用人が数人、護衛役を兼ねて控えている。だが基本的にまとわりつくようなことはせず、どちらかというと見守っているだけだ。つかず離れずの護衛は、息苦しくなくて助かる。

アーチの中に入ってしまえば、彼女たちの視線も遮られる。リーゼロッテは思わず足を止めて息を吐いた。

直後、前方の茂みが小さく揺れ、そこからフードを目深に被った小柄な人物が現れ出た。使用人たちのお仕着せとはまったく違う格好に、リーゼロッテは強い警戒心を浮かべた瞳を向ける。

「……誰⁉」

ギルベルトの屋敷でまさか襲われるとは思わないが、不審者であるのは間違いない。リーゼロッテは後ずさりしてしまいそうになりながらも、鋭く誰何する。

フードをはね除けた小柄な人物は、リーゼロッテの前で膝をついた。

「……リーゼロッテさま、ご無事で……‼」

今にも泣き出しそうな顔は、よく見知った女性のものだった。侍女のヒルデだ。

「……ヒルデ……!?」

「はい、リーゼロッテさま。ヒルデです。お会いできて本当に嬉しゅうございます……!!」

ヒルデはリーゼロッテの両手を取り、額に押し戴いて涙声で言う。まさかこんなところで彼女に会えるとは思わなかったリーゼロッテも、驚きと喜びに淡い涙を浮かべてしまいながら、膝をついて抱き締めた。

「私も会えて嬉しいわ！　酷いことをされているのではないの？　大丈夫？」

「はい、何も酷いことはされていません。大丈夫です」

ヒルデがリーゼロッテを見返し、はっきりとした声で教えてくれる。嘘を吐いているようには見えず、リーゼロッテはホッと安堵の息を吐いた。

「そう、良かった……本当に良かったわ。あなた以外の人は？　民は？　王国はどうなっているの？」

控えている使用人たちに気づかれないよう、リーゼロッテは声を潜めてヒルデに問いかける。

どうやってここに入り込んだのかはわからなかったが、リーゼロッテにとってはようやく手に入るかもしれない外の情報だ。とにかく誰も酷い目に遭っていませんようにと願いながら、矢継ぎ早に問いかけてしまう。

ヒルデも声を潜めながら、言った。

「リーゼロッテさま、私は長くここにはいられません。この手紙を持って参りました」

ヒルデは周囲を警戒しながら手早く懐から一通の封書を取り出し、リーゼロッテの手に押しつける。わけがわからないながらもリーゼロッテはそれを受け取り、ドレスのスカートのポケットに隠し入れた。

ヒルデはその仕草を確認してから、リーゼロッテの両手を改めて握り締めた。

「リーゼロッテさまは、何もされていませんか?」

「ええ、私は大丈夫よ。ギルベルトさまに守っていただいているの」

「……フラウエンロープ元帥に……」

しかし応えるヒルデの声は、疑わしげに揺れている。

「私は元帥がリーゼロッテさまを守っているなどとは、聞いておりません。リーゼロッテさまはアルティナ王国に酷いことをしないという条件と引き換えに、元帥の……な、慰み者になっている、と……聞いております……!」

それはギルベルトがリーゼロッテを保護するためにでっち上げた嘘だ。だがここでヒルデをすぐに納得させられるだけの説明の時間はないだろう。

「リーゼロッテさまのお心を踏みにじった男です。どうかお気をつけください。私は――私たちは、元帥を決して許しません」

「待って、ヒルデ。それは誤解なの。私の話を聞いて……」

「――リーゼロッテさま?」

何かを感じ取ったのか、控えていた使用人の声が近づいてくる。ヒルデは慌ててフードを被り直すと膝を落とす礼をしてから、一気に走り去っていった。

ヒルデを追いかけたい気持ちを呑み込み、リーゼロッテはすぐさま立ち上がって振り返る。スカートについてしまっていた乾いた土を払いのけていると、使用人が数人、姿を見せた。

「リーゼロッテさま、どうかされましたか?」

(良かった。ヒルデのことは気づかれていないみたい……)

リーゼロッテは少し照れくさげな笑顔を浮かべて言った。

「転んでしまって……」

「まあ大変です! お怪我は!?」

「ないわ、大丈夫よ」

「もうお屋敷に戻りましょう」

自分が使用人たちとともにここを離れれば、ヒルデが見つかる可能性が低くなるはずだ。

リーゼロッテは頷き、使用人たちと一緒に屋敷に戻った。

自室に戻ると、使用人たちは怪我をしていないことを確認してから退室した。リーゼロッテは念のため扉に鍵を掛けたあと、ポケットから取り出した手紙を開いた。

封筒には宛名も差出人も記されていないが、便箋には見慣れた文字と署名があった。マルクスのものだ。

挨拶もそこそこに、リーゼロッテの安否を気遣ってくれる。どうやらマルクスたちには王国の民に無体をしないことを条件にリーゼロッテがギルベルトのものとなり、愛人として昼夜問わず身体を貪られていると噂になっているらしい。

帝国内でもギルベルトが初めて性欲を抱いた異性として見られているが、マルクスたちが知る噂にはずいぶんと尾ひれがついていた。

リーゼロッテ一人が犠牲になっていると、マルクスたちは嘆いてくれていた。真実を教えられないことが、とても申し訳ない気持ちにさせる。

『三日後、お迎えに参ります』

——その文面に、リーゼロッテは大きく目を瞠った。

ギルベルトの屋敷に忍び込む準備が整ったから、リーゼロッテを脱出させるというのだ。

指定された夜更けの時間と合流場所が簡単な地図とともに書かれていて、リーゼロッテは青ざめた。

帝国内に入ることですら、今の状況では危険なはずだ。もしアルティナ王国の民だとわかれば、捕らえられるに違いない。

さらにここへ忍び込むなど、危険度はますます高くなる。捕らえられれば拷問の上、死刑かもしれない。今は駄目だ！

自分を助けてくれようとしていることは、とても嬉しい。だが真実は、彼らが思っているのとは違う。ここで彼らが動けば、逆にギルベルトの足枷になる可能性もある。

（ヒルデと連絡を取りたくとも、こちらからの手段はないわ。どうしたらいいの……？）

もどかしい気持ちを噛みしめながら、手紙を読み進める。続いた文面に、リーゼロッテは再度、大きく目を瞠った。

『脱出の際、できる限り追っ手が掛かる時間を遅くしたい。そのために、同封した薬を元帥に飲ませてください。死には至りませんが身体を痺れさせ、すぐには動けないようにする薬です』

重ねられた便箋の間に隠されるようにして、小さな白い薬包があった。

リーゼロッテはそれを手に取り、強く握り締める。マルクスは一体何を考えているのか。

（私に、ギルベルトさまに毒を盛れ、と……）

死には至らないとはいえ、ギルベルトの自由を奪うものだ。自分を助けるために誰かにそんなことをしなければならないのならば、囚われのままでも構わない。

マルクスの指示は、それに加担する者たちを危険に晒すものにしか思えなかった。

ヒルデたちは自分を大事に思ってくれているからこそ、恐怖を呑み込んで手伝うだろう。

だが捕まれば明らかに命に関わるような策を止めるのも、上の者の役目ではないのか。

（駄目よ。絶対に駄目。そんなことはさせられない……!!）

リーゼロッテは手紙を握り締め、室内をうろうろと歩き回る。ヒルデたちに極秘に連絡が取れない以上、どうやって彼女たちを止めればいいのか良案が思い浮かばない。

己の無力さを噛みしめながらぎゅっときつく目を閉じる。直後、扉がノックされた。

「姫？　転んだと聞いたが……足は平気か？」

ギルベルトの声に、びくりと身を震わせる。手紙のことを知られないよう慌ててポケットに戻そうとするが、止めた。

隠すよりは彼に正直に話して、ヒルデたちが危険な目に遭わないようにするのが一番いいように思えた。

リーゼロッテは小さく息を呑んだあと、返事をして扉を開ける。鍵を外す音にギルベルトが訝しげな顔をしていた。

「何かあったのか？」

「ギルベルトさま……」

とても心配そうな表情が、リーゼロッテの背中を後押しする。リーゼロッテはギルベルトを室内に招き入れると、一応外に誰もいないことを確認してから扉を閉めた。

警戒の様子に、ギルベルトの表情も引き締まる。リーゼロッテはギルベルトの傍に歩み寄った。

「ギルベルトさま……とても図々しい相談をすることになります。申し訳ありません……」

「そんなことは気にしなくていい。何があった？」

ギルベルトの優しさを嬉しく思いながら、リーゼロッテは手早く状況を説明した。ギルベルトは余計な言葉を挟まず、話を聞いてくれる。

「手紙を見せてもらってもいいか」

手紙を受け取り、薬包とともにギルベルトは文面を確認する。その表情は厳しく、視線は鋭い。

「ギルベルトさま……ヒルデたちが危険なことをしないように、止めさせたいのです。私はどうしたらいいのでしょうか……」

「今、帝国内は人の出入りを厳しく監視している。特にアルティナ王国から帝国内に入れるのは、許可を得た者だけだ。マルクス宰相がいくらあなたを助けるためとはいえ、現状では相当に難しい」

ギルベルトは薬包を開きながら言う。

「そんな状況であなたを迎えに来る手段が取れるということは……帝国内に、内通者がいるということだ」

薬は、白色の粉状だった。ギルベルトは小指の先にほんのわずか粉を取り、舌先でぺろりと舐め取る。

息を呑んで見守るリーゼロッテの前でギルベルトは小さく眉根を寄せ、胸ポケットから取り出したハンカチに唾液を吐き出した。

「……ギルベルトさま……!!」

「ああ、大丈夫だ。一応、使われやすい毒には耐性をつけてある。私の立場上、そういう攻撃がされるのも考えておかなければならないからな」

告げられた事実に驚くが、薬包の中身が毒だということにも強い衝撃を受けた。マルクスたちは毒だと知らずに同封したのだろうか。

「死にはしないというのは嘘だな。これは即効性の毒ではないが身体の力を徐々に奪い、やがては心の臓の動きも止めるものだ。あなたを救出し帝国から出る時間くらいまでの間に、私は死ぬことになる」

「……も、申し訳……」

手紙の指示通りにしていたら、ギルベルトが死んでいたかもしれない。すでにもう自分がギルベルトを殺めてしまったような気持ちになり、リーゼロッテは青ざめて身震いする。

ギルベルトが安心させるようにリーゼロッテを胸に抱き締めた。

「あなたはこうして私に助力を求めてくれた。私を信じて頼ってくれたことが、とても嬉しい。あなたは私が死に至るのを防いでくれたんだ」

「……ギルベルトさま……」

ギルベルトが髪や額に優しいくちづけを与えてくれる。やはり相談して良かったと思いながら、リーゼロッテは顔を上げた。

「私に何かできることはありますか。マルクスたちは私を助けようとしてくれているだけです。でもこちらの意図を知らないせいで、不要に罪を犯すことは避けたいのです……」

「あなたの気持ちはわかっている。だが、あなたを危険な目に遭わせるわけには……」

「マルクスもヒルデも、私のために危険を犯そうとしています。私も彼らのために何かできることがあるのならば、全力を尽くしたいのです！」

リーゼロッテの言葉にギルベルトはしばし困ったようにこちらを見つめたあと、観念したのか深く嘆息した。

「わかった。あなたにも協力してもらおう。そうすれば、あいつもぼろを出すだろうし」

ギルベルトの最後の呟きに、リーゼロッテは訝しげに眉根を寄せた。ギルベルトは他にも何か知っているのだろうか。

知りたい気持ちは強くあったが、今はそれを追及するときではないだろう。リーゼロッテは気持ちを落ち着かせ、ギルベルトを改めて見返した。

「ギルベルトさま、私は何をすればいいでしょうか？」

第七章　真の敵

手紙に指定された時間は、真夜中だった。合流場所はギルベルトの屋敷から馬で少し走ったところだ。

裏口に黒毛の馬を用意しておくという言葉通り、闇色のフードを被って裏口に行けば、馬が用意されていた。

あまりにも順調な屋敷からの脱出に、リーゼロッテの不信感は強まってしまう。……ギルベルトが言うように、内通者がいるのだろう。

ギルベルトにあの薬を飲ませることは絶対にできないため、彼には眠ったふりをしてもらっている。

頃合いを見計らってベッドから抜け出すときまで、ギルベルトには危険を感じたらすぐに逃げるようにと念を押された。本音は従者の振りでもしてリーゼロッテに付き添いたいかったらしい。

アルティナ王国の王女で良かったと、リーゼロッテはしみじみと思う。こんな夜更けに一人で馬に乗るなど、きっと帝国の令嬢たちにはできないだろう。

乗馬はもちろんのこと、地図の見方も教えられている。歴代の王族は民と寄り添う治世をしてきたため、民ができることは自分たちもできるようにならなければいけないという教育をされていた。

町外れには舟が行き交える幅の川が流れている。川沿いにいくつかの橋を越えると、皇城がある中心地に続く大きな街道に入る。

指定された合流場所は架けられた橋の中でも幅が一番狭く、地元民が私道のように使う橋の下だった。

かつてここに誰かが住んでいたらしい古びた家屋があった。雨風をしのげる程度の価値しかなくなった家屋の窓に、ゆらりと明かりが映った。

馬の蹄の音が聞こえたのだろう。注意深く慎重に扉が開き——そこからヒルデが姿を見せた。

「リーゼロッテさま……!!」

「ヒルデ！」

互いにフードを外して顔を確認し、ひしっ、と抱き合う。だがすぐにヒルデは周囲を気にし、リーゼロッテを家の中に導いた。

必要以上の明かりはつけられておらず、室内はさほど明るい感じはしない。小さな家屋には居間となるこの場所と、奥にもう一間、扉のある部屋があった。おそらくはそこが寝室なのだろう。

小さなテーブルを取り囲むようにして、マルクスと数人の男たちが控えていた。民のすべての顔を見知っているわけではないが、彼が従えている者たちは知らない顔だった。

囚われていた自国の王女が目の前にいるというのに、彼らからはヒルデのような安堵感や喜びなどが感じられなかった。どこかよそよそしさすら感じる。

だがその違和感に眉根を寄せるより早く、マルクスがリーゼロッテの前で片膝をついた。

「リーゼロッテ姫……!!　ご無事で何よりです。手はず通りここまで来られましたか？」

（ギルベルトさまに薬を飲ませたかどうかを聞いているのね……）

マルクスがリーゼロッテの右手を取り、手の甲にそっとくちづけようとする。自分が帝国に囚われたときの彼の情けない姿が思い出され、嫌悪感に手を引っ込めた。

あのときに比べれば、マルクスもずいぶん男気のある行動を取っているが、ギルベルトを毒殺しようとしたことは、卑怯な手段としか思えない。

「私を助け出そうとしてくれて、感謝します。でもこのような危ない真似をする必要はありません。私はギルベルトさまに酷い扱いなど一切されていないのです」

「……なんと……!?」

マルクスが訝しげに眉根を寄せた。ヒルデがリーゼロッテを不安げに見返す。

「どういうことですか、リーゼロッテさま。リーゼロッテさまは元帥の慰み者になっていると私たちは聞かされています。……い、嫌がるリーゼロッテさまを無理矢理陵辱した、と……っ！　それだけに留まらず、愛玩物のように自分の欲望のままに扱い、毎晩、ひどい淫らな行為を強要している、と……!!」

それ以上は言えなかったようで、ヒルデは泣きそうな顔で唇を強く噛みしめた。リーゼロッテはヒルデの肩を優しく抱き寄せ、安心させるように囁く。

「心配してくれてありがとう、ヒルデ。でも違うのよ。私はギルベルトさまに大切にしていただいている。それどころか、王国のことをよく思わない帝国の人たちから守ってくださるために、愛人という嘘を吐いてくださっているの」

ヒルデが信じられないというようにリーゼロッテを見やる。

「で、ではリーゼロッテさまは……そ、その……き、清らかなままだと……？」

「そ、それは……」

ギルベルトと結ばれたことは事実であり、リーゼロッテは思わず頬を赤くして押し黙ってしまう。はっきりと言葉にしなくとも、ヒルデやマルクスたちには伝わった。

「で、でも、心配しないで。私は元々ギルベルトさまに恋をしていたし、ギルベルトさまも今回の件がなければきちんと手順に従って私に求婚したいと仰ってくださっていたの。すべてが片付いたら……」

「なんと言うことだ……!!」

マルクスが額に右手を押し当て、嘆く。リーゼロッテは訝しげに彼を見返した。

マルクスは大きく息を吐くと、リーゼロッテを痛ましげに見た。

「リーゼロッテさま……あなたは元帥に騙されているのです。あの男はあなたを誘惑し、エドガル王を亡き者にして、アルティナ王国を手中に収めようとしているのです。帝国元帥とはいえ皇帝ではない以上、この帝国内では意のままにできないこともあるでしょう。ですがあなたを娶り、エドガル王の替わりにアルティナ王国国王となることで、権威欲と支配欲を満たそうとしている……あの男は、そういう卑劣漢なのですよ……!」

まるでギルベルトの悪事をその目で見てきたかのようにマルクスは言う。リーゼロッテはヒルデの手を強く握り締めた。

「違います。ギルベルトさまはそのような方ではありません」

「何と嘆かわしい……リーゼロッテさま、あなたは元帥に身体で陥落されてしまったのです……。ただの女と成り下がってしまったあなたに、まともな判断はできません」

「マルクスさま! いくらあなたでも、リーゼロッテさまを侮辱することは許されませんよ!」

さすがに聞き捨てならないと、ヒルデが怒りの声を上げる。マルクスはしかし小さく笑うと、控えていた部下たちに目配せした。

軽く頷いた彼らがリーゼロッテとヒルデの腕を摑み、引き離す。

「何をするの！」

本能的な身の危険を感じ、リーゼロッテは頬を強張らせて叫んだ。

彼らはリーゼロッテの声を無視し、引きずるように隣室へと連れていく。予想通り、そこは古びたベッドと埃臭さがある寝室だった。

ヒルデがリーゼロッテの名を叫びながら助けようとするが、別の部下たちに拘束されて動けない。

力任せに突き飛ばされ、リーゼロッテはベッドに倒れ込む。慌てて起き上がろうとするより早くマルクスがのしかかり、リーゼロッテの身体を挟み込むようにしながら膝立ちになった。

部下たちは役目を終えたとばかりに寝室から出て行き、扉を閉める。

「……な、に……？」

腹の底から湧き上がってくる恐怖心に、声も身体も小さく震える。マルクスはリーゼロッテを見下ろして、唇を歪めた。

嗜虐的な笑みに、リーゼロッテは息を呑む。

「姫はもう男を知ったのでしょう？　ならば何をされるのかおわかりのはずだ」

「……どういう……こと……？」

「おや、私の気持ちには気づいていると思いましたが」

確かに、マルクスが自分に向ける視線や仕草には、男女の交わりを求める気配があった。だがリーゼロッテにそのつもりはなく、期待を抱かせるようなこともしていない。

マルクスはリーゼロッテの頬を両手で優しく撫でる。愛おしげな仕草ではあったが、リーゼロッテには震えと嫌悪感しか与えない。

「ああ……悔しいですね。元帥がそれほど手の早い男だとは思いませんでした。あなたの初めてを奪うのは、私だと決めておりましたのに……」

とんでもないことを勝手に決められていて、リーゼロッテは吐き気を覚える。これまで一体どんなふうに自分を見ていたのかと思い返すと、気持ち悪かった。

リーゼロッテは恐怖心を呑み込み、男の手から逃れようと身を起こそうとする。だが直後にマルクスが覆い被さり、首筋を舐め上げてきた。

熱い舌がねっとりと這い上がってくる感触がおぞましく、声にならない悲鳴を上げる。

マルクスの手が、胸の膨らみをきつく摑んだ。

「……いた……っ！」

力任せに摑まれて、リーゼロッテは声を上げる。マルクスが耳に息を吹き込むようにしながら笑った。

「おや、男の愛撫にはまだそれほど慣れていないのですか？　大丈夫です。そのうち気持ちよくなります。あなたが喘ぎ、乱れる場所を、これからじっくりと探していきますね」

「……馬鹿なことを……言わない、で……離して……!!」

「元帥につまみ食いされたとはいえ、あなたの美しさはまったく損なわれていない……さすが、私のリーゼロッテさまです……」

当たり前のように所有物扱いされて、リーゼロッテは泣きたくなる。もがいてはみるがマルクスの全身が重石となってなかなか抜け出せない。

その間もマルクスはリーゼロッテのドレスの胸元を引き裂くように露わにし、直接肌に触れてこようとしていた。

「王にはあなたを娶りたいと何度もお願いしていましたが、頑なに拒否されておりました……何とも悲しいことです。王はあなたが想う相手に嫁がせると……一体誰のおかげで王としての地位が安泰なのか、理解されていないことが悲しくて仕方ありません」

リーゼロッテははっとし、抵抗を止めてマルクスを見返した。

「どういうこと……？　お兄さまは王として努力し続けていらっしゃるわ。確かにあなたたちの協力もあってお兄さまの立場は盤石で有り続けているけれど、あなたたちの力で押し上げられたわけではないのよ。お兄さまはお兄さまなりに国王としてどうあるべきなのかを常に考え、実践し、努力してきているのよ！」

「ええ、ですから色々と面倒なのですよ」

マルクスが上体を起こし、リーゼロッテを笑顔で見下ろす。

いつもの穏やかな笑みだったが、瞳は笑っていない。それどころか、忌々しげな光が浮かんでいた。

……兄に向ける視線に、時折こんな感じのものがあったことを思い出す。

「政に関して経験が浅いのならば、周囲の者たちの意見を聞いていればいいのです。ですが王はそれを良しとせず、己が納得いかないことには決して首を縦に振らない。若さに似合わず努力家という王は、私たちにしてみれば面倒で厄介な存在なのです。運よく先王が早世されて、次は私たちの傀儡として使えると思っていたのですが、あなた一人、手に入れることすら許さないなんて……本当に忌々しい王です」

『私たち』――その言い方に、リーゼロッテは愕然とした。

マルクスは若くして即位したエドガルを、言いなりにしようとしていたのか。そしてマルクスに協力する者が、王国内に複数いるということなのか。両親の早世をきっかけとして、彼らの欲望が芽吹いてしまったのか。

リーゼロッテはマルクスを睨みつける。

「……帝国が王国に裏切りの嫌疑を掛けるように仕向けたのは、あなたなの……!?」

「ええ、そうです。帝国の中のかなり高位の方で、私の気持ちに同調してくださる方がいらっしゃいます。おかげで帝国に入るのも、あなたを取り返すことにも色々と便宜を図っていただきました」

道理で違和感を覚えるわけだ。王国からの人の流れは厳しく監視されているはずなのに、これほど容易く入国できること自体がおかしい。

同時に、その高位の者というのがギルベルトの屋敷に自らの手の者を忍ばせていたことも予測できる。

(……それでは……ギルベルトさまが危険ではないの!?)

リーゼロッテはマルクスへの嫌悪感と恐怖心を必死に堪えながら、身を起こそうとする。渡された薬を飲んではいないが、それを忍んでいる者に気づかれて強硬手段に出られるかもしれない!

急に暴れたリーゼロッテにマルクスは一瞬驚いたようだったが、すぐに気を取り直して両手首を一つにまとめ、頭上に押し上げた。

「放しなさい!!」

リーゼロッテの鋭い声に、マルクスは嘆息する。そして扉越しに部下たちに言った。

「お前たち、その女は好きにして構わん」

それがヒルデのことだと悟り、リーゼロッテは慌てる。

「何を言っているの!!　止めなさい!!」

ヒルデの悲鳴と同時に、何か激しい物音が聞こえた。

部下の男たちに襲われているのだと容易く想像できるが、ここからでは彼女が何をされているのかがわからない。時折男たちの呻く声が聞こえたが、ヒルデの声は聞こえなかった。

口を塞がれて何かされているのか。リーゼロッテは爆発しそうな怒りを覚える。

「マルクス!!　あなた、自分が何をしているのかわかっているの!?」

「ヒルデを助けたいのでしたら、あなたが私のものになればいいだけのことです」

リーゼロッテは息を呑む。

自分を手に入れ、王妹の夫としてさらに権力を強め、今回の事件をきっかけとしてエドガルを王座から蹴落とすつもりなのだろう。それがわかっていても、リーゼロッテにはヒルデを見捨てることはできない。

「最低の男だわ……」

リーゼロッテは悔し涙を浮かべ、マルクスを睨みつける。

マルクスが笑みを深めてリーゼロッテに改めて覆い被さり、目元に滲んだ涙を舐め取った。ぬめった舌の感触に、思わず吐きそうになって身を強張らせる。

目を閉じて、何も感じないようにすればいい。そう自分に言い聞かせるが、スカートをたくし上げてくる手の動きが気持ち悪くて、叫びたくなる。

だが隣室にいるヒルデの声がまったく聞こえないことが、リーゼロッテを不安にさせた。ヒルデはもう彼らの餌食になってしまったのか。

マルクスがくちづけようとした。リーゼロッテはきつく目を閉じ、唇を強く引き結んだ。

直後、扉を蹴破る激しい音がして、身体の上から彼の身体が吹き飛んだ。

「汚い手で触るな！　この屑が!!」

——堪えきれない激しい怒りを含んだ地を這うようなギルベルトの低い声。

リーゼロッテは慌てて瞳を開く。怒りの表情のギルベルトが、すぐ傍にいた。

荒い息を吐いて、長い右脚をゆっくりと下ろす。

どうやらギルベルトはマルクスの腹を蹴り上げたようだ。彼の身体はギルベルトの反対側の床に転がっている。

「ギルベルトさま……!!」

リーゼロッテは呼びかけながら身を起こす。ギルベルトの姿を認めた直後、涙で視界が歪んだ。

(助けて……くださった……!!)

口を開けば泣いてしまいそうで、胸元を押さえる。

何が起こったのかわからない様子で、マルクスは腹を押さえながらよろめき立つ。

「すまない、少しだけ待っていてくれ。この男を始末する」

抑えた声音だからこそ、爆発寸前の怒りがよくわかる。ギルベルトはベッドを飛び越えるとマルクスの前に降り立ち、強烈な回し蹴りを顎に撃ち込んだ。

マルクスが今度は壁に打ち付けられる。背筋の痛みに呻きすら零せないマルクスに大股の二歩で肉迫したギルベルトは、胸倉を摑み上げて頬に拳を撃ち込んだ。

マルクスが何か言おうとしているのがわかっているはずだが、ギルベルトの拳は止まらない。

リーゼロッテはドレスの乱れを直すこともできないまま、ギルベルトに慌てて走り寄る。

「ギルベルトさま！　マルクスが死んでしまいます！」

「構わん。それだけのことをこいつはしている」

初めて目の当たりにするギルベルトの容赦のなさと気迫に、リーゼロッテは震え上がった。

ギルベルトはさらに数発殴ったあと、胸倉をきつく締めながら壁に叩きつけた。ついにマルクスは白目を剝く。

だがギルベルトは手の力を緩めず、マルクスの息の根を止めようとした。リーゼロッテは思わず泣きそうになってしまいながら、叫ぶ。

「ギルベルトさま……!!」

しばしの沈黙のあと、ギルベルトが苛立たしげに息を吐き、マルクスを床に放り捨てた。泡を吹いたマルクスは完全に意識を失っていたが、辛うじて息はしていた。

リーゼロッテは安堵の息を吐く。ギルベルトがまだ怒りを収めきれない表情でリーゼロッテに歩み寄り、腕の中にきつく抱き締めた。息もできないほどの強い抱擁だ。

「……遅くなってすまなかった。大丈夫か……!?」

気遣ってくれる声と抱き締めてくれる両腕が、怒りで微かに震えている。リーゼロッテは喜びと安堵で涙をぽろぽろ零してしまいながら頷いた。

「ギ、ギルベルトさまが、来てくださったから……」

「ああ、もう大丈夫だ。無事で良かった……」

ギルベルトはできる限り抱擁を解かないようにしながら上着を脱ぎ、肩に掛けてくれる。助けてもらえたことを実感できた直後、ヒルデのことを思い出し、リーゼロッテは慌ててギルベルトに言った。

「ギルベルトさま！　ヒルデが男たちに襲われて……!!」

「ああ、それはもう大丈夫だ」

開け放たれたままの扉から、大きく息を切らせながらオスカーが姿を見せた。屋敷を出たリーゼロッテのあとを、ギルベルトとオスカーが追ってくれたのだ。

「ご無事ですか、ギルベルトさま、リーゼロッテさま！」

「ああ。そっちも大丈夫か？」

「はい。……ほとんど、ギルベルトさまが倒してしまわれていたので……」

間取り上、乗り込んだときにヒルデを襲わんとしていた男たちと遭遇することになり、ギルベルトはまずはその男たちを片付けてからリーゼロッテを助けに来てくれたようだ。

マルクスの部下たちは床に倒れ伏し、突然の救出劇に状況がよくわかっていないヒルデが、茫然と部屋の隅に佇んでいる。ヒルデが襲われていると思えたあの音や呻きは、ギルベルトとオスカーが彼らを倒していた音だったのだろう。

戦闘はギルベルトが主体だったとはいえ、後始末はオスカーの方が上手だった。気絶している男たちを後ろ手に縛りつけ終えている。

リーゼロッテはヒルデに走り寄った。

「ヒルデ！　無事ね!?」

「リ、リーゼロッテさま……これは一体……」

困惑するヒルデにリーゼロッテは安心させるために言う。

「言ったでしょう？　私はギルベルトさまに保護されていたの。ヒルデたちが私を助けようとしてくれることはとても嬉しかったのだけれど、帝国内やギルベルトさまのお屋敷に入れたことが何だかとても気になってしまって……あなたたちが誰かに利用されているのではないかと思って、ギルベルトさまに相談したの」

意識を失ったマルクスの身体を、オスカーが手早く持参していた縄で縛り上げる。その様子が何だかとても手馴れているように見えたのは、気のせいだろうか。

「だから私のあとをこっそり追いかけてもらって、何かあったらすぐにギルベルトさまが助けてくださることになっていたの」

「……マルクスさまが、リーゼロッテさまや陛下を……」

マルクスとの会話は、ヒルデにも届いていたようだ。利用されていただけとはいえ、知らずに悪事に加担していたと知り、ヒルデは青ざめて言葉を失う。

リーゼロッテは彼女がこれ以上罪悪感を抱かないよう、優しく抱き締めた。

「ヒルデが私を助けようとしてくれていただけだということは、きちんとわかっているわ。必要以上に自分を責めないで。ヒルデだって怖い思いをたくさんしたのでしょう?」

「リーゼロッテさま……」

ヒルデが淡い涙を零しながら、抱擁に応える。リーゼロッテの隣でやり取りを見守っていたギルベルトが、厳しい表情と声音で言った。

「だが、悪事に加担していた事実は紛れもないことだ。罪に問われることがあるのならば、しかるべき罰が与えられることは覚悟していてくれ」

リーゼロッテの腕の中で、ヒルデが身を強張らせた。だがギルベルトの言うこともよくわかるため、リーゼロッテは何も言えない。

ヒルデは小さく息を呑んだあと、けれども毅然と頷いた。

「もちろんでございます。私が知っていることはすべてお話し致します」

ギルベルトは満足げに頷くと、リーゼロッテに笑顔を見せた。

「良い侍女だ」

褒められてヒルデが少し顔を赤らめる。リーゼロッテは自分が褒められたような気がして嬉しかった。


皇帝からの突然の召喚命令に応え、ケヴィンはすぐ城にやって来た。使用人たちも明日の仕事に備えてもう眠りについている時間で、城は静まりかえっている。

謁見の間の玉座には皇帝アンゼルムが座している。彼は寝間着にガウンを羽織っただけの軽装だ。

彼の右隣には元帥の礼装姿のギルベルトが控え、その右腕に守られるようにリーゼロッテは抱かれていた。リーゼロッテもきちんと正装している。

室内にはいつもより格段に多くの兵が厳しい様子で立ち並び、ケヴィンが室内に入るとすぐさま扉を閉め、退路を塞ぐかのように背後を取り囲んだ。物々しい雰囲気にケヴィンはしかし慌てることなく、周囲を見回す。

ケヴィンはギルベルトたちには何も言わず、皇帝にだけ最敬礼をした。

「お呼びに従い参りました、陛下」

「ああ、夜遅くにすまないな。だが早急に確認しなければならないことができてしまった」

「どうかお気になさらず。どのようなことでしょう?」

ケヴィンの表情に慌てた様子は一切ない。どのような仕草も見落とすまいとじっとケヴィンを見つめているギルベルトの腕の中で、リーゼロッテは緊張する。

これほど堂々としているのは、これから追及されることに対して切り抜けられる手段を持っているからではないか。

皇帝がギルベルトに目配せした。ギルベルトが小さく頷き、近くにいた兵士に命じてマルクスを連れて来させる。

重罪人として、マルクスの両足には鎖で繋がれた足輪が嵌められ、後ろ手にされた両手首に嵌められた手枷と繋がっている。歩くのもとても不自由そうだった。

ギルベルトに殴られた顔にはアザや腫れがあり、まだ血が止まっていない傷もあるが手当てはされていない。リーゼロッテは大事な証人だからと手当てを進言してみたが、ギルベルトは決して首を縦には振らなかった。

ケヴィンが訝しげにマルクスを見やる。

「アルティナ王国宰相マルクスですね。姫を助けに帝国に侵入、というところかな。あ、それとも姫が手引きして帝国に何かしようとしてたのかな」

リーゼロッテに蔑みの目を向けながら、ケヴィンが言う。抱き寄せるギルベルトの腕に力が加わった。

「ケヴィン、マルクスが全部吐いたぞ」

ギルベルトが静かな声で言う。冷徹さすら感じる淡々とした声音は、今にも爆発しそうな怒りを抑えるためだ。

ケヴィンが無言でギルベルトを見返した。いつも通り、瞳の奥に隠しきれない嫌悪感を滲ませた瞳だ。

「吐いたって何を?」

「マルクスと密約を交わして、今回の件で暗躍していたな」

わざと断定的な物言いをするギルベルトに、ケヴィンは答えない。代わりにチラリとマルクスへと視線を投げる。

どうあっても自分の立場が好転することがないと悟ったためか、マルクスはどこか投げやりな笑みをケヴィンに返した。

「私だけ損をするのは納得できなかったので」

「……ああ……そういうこと……」

ケヴィンは大した驚きも見せず、小さく頷く。ギルベルトが続けた。

「宰相マルクスと手を組み、アルティナ王国が帝国を裏切ったと見せかけるように仕組んだな。エドガルを殺し、リーゼロッテ姫を手に入れ王としてマルクスが王国を統治した際には、お前が密かにもう一人の統治者となる。その密約を、マルクスと交わしていたな」

「罪人の戯言だとは思わないわけ？　私からしてみれば、この男を使って君が私を陥れようとしているふうに思えるんだけど。それに私がそこまでする必要があるのか疑問だよね。私は君と同じように陛下のお傍に仕えることを許された高位貴族で、名誉も、金にも困っていない。それに女にだって困っていないよ。これ以上欲しがるものなんてないよね？」

「そうだな。だがお前は私が嫌いなんだろう」

ケヴィンがふ……っ、と口を噤む。そして薄い笑みを浮かべた。

「うん、嫌いだ」

「多分、それが理由なんだろう？」

リーゼロッテは小さく息を呑む。

皇帝は二人のやり取りを静かに見つめているだけだ。何を考えているのかわからないが、その瞳は炯々と光っている。

「お前は私が辛い思いをすればいいと思っているだけだ。姑息な手により私の友人が死に、大切な女性が意に沿わぬ結婚をする――そのことが私を打ちのめすからだろう？」

「なんだ……私が本当にしたいこと、ちゃんとわかってるんじゃない」

ケヴィンが笑みを深めた。ギルベルトが複雑な表情で瞳を細める。

濃茶色の瞳に含まれているのは、怒りなのか嫌悪感なのか憐れみなのか、リーゼロッテにはわからない。

（きっと……全部、だわ……）

「私とお前は同世代だろ？　でも、私がどれだけ努力しても、お前は必ず私の一歩先を行くんだよね。私はいつもお前の背中を見るばっかりで、本当、嫌になるんだ。元帥にだってさ、私がなりたいって思ってたのにさ」

軽い物言いではあるが、口調は暗く淀んでいる。ギルベルトが小さく嘆息した。

「元帥など、別に好んでなるものではないぞ。出兵が決まれば、自ら身を投じなければならない。兵を死なせないように鍛え上げなければならない。そして自らも、鍛え続けていかなければならない。陛下自ら出陣することが絶対にないようにしなければならない。楽な仕事ではないんだ」

「うん、そうだね。でもさ、お前の立場はこの国で、陛下の次に偉くて強い」

まるで子供に言い聞かせるかのような言葉を選ぶのは、ギルベルトへの反発心からだろうか。ギルベルトが眉根を寄せる。

「私はさ、両親からもその立場を勝ち取るようにずーっと言われ続けてたんだよね。でもお前がいたから、何をしてもそれは手に入らなかった。お前が陛下に元帥位を賜わったときの両親の態度はまあひどかったよ。まるで私を塵屑みたいに批難するんだ。少なくとも、私より遙か下の役職から這い上がれなかった父親よりはましだと思っていたんだけれどね。あんな両親から生まれた割に優秀なのに、そんなこともわからない頭の悪い奴らにはうんざりしたよ」

「……まさか……」

ギルベルトがはっと目を瞠る。

皇帝たちも何かに思い至ったかのような顔をした。リーゼロッテとマルクスには、彼らの気づきが何なのかわからない。

アンゼルムはケヴィンから目を逸らさずに言った。

「ヴォールファールト伯爵夫妻は夜会の帰りに暴漢に襲われて殺された。強盗の類いによるものとして事件は解決している」

「お前、まさか自分の両親を……⁉」

暴漢を自ら両親に放って死に至らしめたというのか。リーゼロッテは信じられない思いで息を呑み、ギルベルトの腕を強く摑む。

ケヴィンは答えなかったが、口端をゆっくりと上げた。歳よりは童顔の面立ちは整っているのに、それはとても邪悪な笑みだった。

「私はお前を見返したいんだよね、ギルベルト。だからお前の弱みが知りたかった。お前が一番大事にしているものが壊れたらどれだけすっきりするかなって思うと……想像だけで、もう絶頂しそうだよ、ね！」

ケヴィンが懐に両手を差し入れながら、ギルベルトに――いや、リーゼロッテに突進してくる。

ギルベルトと競い合っていたというだけあって、その動きは素早い。疾走しながら懐から二本の短剣を取り出して逆手に握り締め、リーゼロッテに斬りかかってきた。

あまりにも突然すぎる兇刃に、リーゼロッテの身体は強張って身動きすらできない。近衛兵たちも完全に不意を突かれていて、反応できていなかった。

だがギルベルトはリーゼロッテを自分の背後に押し込み、腰に佩いていた長剣を引き抜いた。ケヴィンの二本の短剣は、ギルベルトの長剣で受け止められる。

ケヴィンが小さく舌打ちし、大きく飛び離れた。だがすぐに再びリーゼロッテを狙い始める。

近衛兵たちが皇帝を取り囲むが、ケヴィンの狙いはリーゼロッテに定められたままだ。

「ケヴィン、やめろ!!」

ギルベルトが叫び、ケヴィンの刃を受け止める。

アンゼルムが近衛兵に命じ、リーゼロッテを守らせた。数人の兵士たちに囲まれるが、それでもケヴィンは止まる様子がない。

自分への執着は、ギルベルトに対するものだろう。リーゼロッテは息を呑む。

「姫！　下がっていろ!!」

ギルベルトの声に頷き、近衛兵たちが後ずさりしながらリーゼロッテを下がらせる。ギルベルトのことが心配だがケヴィンの狙いが自分であるのならば、今はこの場から離れた方が足を引っ張らないはずだ。

そのことに気づき、ケヴィンが血相を変えて攻撃を激しくしてきた。

ギルベルトはケヴィンの刃を受け止め、弾く。傷つけるつもりがないのか、防戦一方だ。近衛兵に守られながらも玉座から動かずにいたアンゼルムが、鋭い声で言った。

「――ギルベルト、終わらせろ」

ギルベルトは眉根を寄せたあと、ケヴィンに向かって連撃する。圧されていたと思えたのに、一転して今度はギルベルトが圧倒的な優勢となる。

ケヴィンが辛うじて刃で受け止めるものの、数撃しか続かない。ギルベルトの刃が右手の短剣を弾き飛ばした。

ケヴィンが顔を顰め、左手の短剣をリーゼロッテに投擲する。その手から柄が離れる前に、ギルベルトの剣がケヴィンの左肩から右腰に掛けて、斜めに切りつけた。

ケヴィンの瞳が大きく見開かれ、その一瞬後には彼の身体の前面から鮮血が吹き出す。

視界に突然生まれた血の赤に、リーゼロッテは悲鳴を上げそうになった口を両手で押さえた。

ギルベルトの前でケヴィンが倒れる。ギルベルトが長剣を納め、ケヴィンを見下ろした。

「瀕死の傷ではない。きちんと手当てをすれば大丈夫だ」

リーゼロッテにはとてもそうは見えなかったのだが、近衛兵たちに慌てた様子はない。

痛みに顔を顰めながら、ケヴィンが言う。

「殺さないと……後悔、するよ……」

「私は殺さん。正しい裁きが行われ、それが結果的にお前を死に至らしめるのならば仕方がないが……ここでお前を私が殺すことは、単なる私刑だ」

正しい判断を下すギルベルトの心根の強さに、リーゼロッテは感じ入る。ケヴィンは忌々しげにギルベルトを睨みつけたあと、力なく言った。

「本当にお前が……大嫌いだよ……」

ギルベルトは応えない。その沈黙にもしかして、とリーゼロッテは思う。

(ギルベルトさまは伯爵を、それなりに……好きだったのではないかしら……？)

意識を失ったケヴィンを、手の空いている近衛兵たちが警戒を怠らずに取り囲み、マルクスと一緒に連れていく。ギルベルトはリーゼロッテに一度目を向けたあと、皇帝の前に跪いた。

「お見苦しいことになり、申し訳ございません」

「……あれは、ああいうところがあったから、お前の上には行けなかったのだがな。わからないままだったことが悔やまれる。それを除けばお前と同じく優秀な男だった」

その苦い言葉にギルベルトは眉根を寄せたが何も言わなかった。返事を求めていたわけではないらしく、アンゼルムは微苦笑したあとギルベルトの胸を励ますように軽く叩いた。

皇帝が近衛兵に守られて謁見の間を出て行く。それを無言で見送るギルベルトに、リーゼロッテはそっと歩み寄った。

近づいたリーゼロッテの腕を摑み、ギルベルトが無言で強く抱き締める。まだ陛下が、と伝えようとするが、深く包み込まれて何も言えなくなる。

「……危ない目に遭わせてすまなかった。怖い思いをさせた」

詫びる声は、少し震えている。リーゼロッテはギルベルトの広い背中に両腕を回し、自分でも抱き返しながら首を振った。

「ギルベルトさまが必ず守ってくださるとわかっていたので、大丈夫です。ですから、そんなふうに罪悪感を持たないでください。ギルベルトさまのお傍にいたいと思ったのは、私の想いでもあるのですから」

だからリーゼロッテはギルベルトが自分を手放したりしないように、先手を打った。

ギルベルトがリーゼロッテの耳元で、安堵の息を吐いた。そして嬉しそうに微笑んで、リーゼロッテの唇に触れるだけのくちづけを与える。

「あなたがそう言ってくれて、とても嬉しい……」

あのときの言葉通り、ケヴィンの怪我は数週間の治療を必要とするもののすぐに手当てがなされたために命に別状はなかった。ベッドの中とはいえ重罪人として扱われ、厳重な監視のもと、今回の件に関する聞き取り調査が行われている。同時にマルクスも同じように重罪人扱いで調査が行われていた。

ヒルデも重要参考人として拘束されているが、酷い扱いはされていない。時折リーゼロッテが面会に行くこともできている。

そしてギルベルトに保護されていたエドガルとの再会は、彼の屋敷の客間で叶った。

エドガルは帝国軍が侵入してきたときにギルベルトの密命を受けた彼の部下に保護され、そのままギルベルトが持つ屋敷の一つに匿われていたのだという。怪我もなく、日々の生活も客人として扱われていたらしい。

妹の無事をエドガルもとても喜び、嬉しくて子供のように抱きついてきたリーゼロッテを同じほど強く抱き返してくれた。

ギルベルトは兄妹の再会を温かい笑顔で見守っている。

「お兄さま……！　本当にご無事で良かった！」

「ああ、お前も無事で良かった。不甲斐ない兄ですまなかった」

マルクスの暗躍に気づいたものの誰が敵で誰が味方なのか、エドガルには判断するための充分な時間がなかった。マルクスの思惑に帝国の影が見え隠れしていることから、エドガルは思い切ってギルベルトに相談してみたらしい。

このときのエドガルが一番信頼し、頼りにできたのは、ギルベルトだった。

「でもどうしてギルベルトさまのことは信用されたの？　確かにお二人は友人で、ギルベルトさまは誠実な方だけれど……帝国の方なのに」

客間のソファに兄と並んで座り、リーゼロッテはエドガルにぴったりと寄り添いながら問いかける。

エドガルは妹を右腕に囲い、頭頂に時折愛おしげにくちづけたり肩口から胸元に零れ落ちた髪に指で戯れたりしていた。ギルベルトはリーゼロッテたちの真向かいのソファに座っているが、見守る笑顔がだんだんと強張っていくように見える。

「ギルベルトさま、大丈夫ですか？」

「……あ？　ああ……大丈夫……いや、大丈夫ではない……。兄と妹が仲良くしているだけだというのに、嫉妬でイライラする……！」

あまりにも素直なギルベルトの文句に、リーゼロッテは目を丸くし、エドガルは吹き出す。ギルベルトの前だと彼と同じ年頃の友人としての顔を見せてくれるのだ。

エドガルが、リーゼロッテを名残惜しげに離し、ギルベルトの方へと向かわせる。ギルベルトの隣に座ると、彼の腕がリーゼロッテの腰に絡んで抱き寄せた。

「私とともにいるときのあなたの場所は、ここだ。ここ以外は許せない」

自分への愛情を隠さない言葉に、リーゼロッテはほんのりと頬を染めながら小さく頷く。

エドガルが少し寂しそうに――けれども嬉しそうに笑った。

「まあ、こういう男だから信じられるんだ。ギルベルトはお前を好きで好きで堪らなく好きだから、お前が不幸になることは決してしないとな」

「エドガル！」

ギルベルトが友人の言葉に慌てて名を呼びつけた。リーゼロッテはますます頬を赤くする。

エドガルが足を組み直してさらに続けた。

「そもそもギルベルトが私と友人になろうとしたのは、お前との結婚を考えていたからなんだぞ。まずは私の信頼を勝ち取って、求婚を阻む唯一の障害となり得る存在を味方にしたいから友人になろうと言ってきたんだ。もう少し体裁を取り繕って接近してくるものだと思うんだが、まあそういう意味では直球の友人関係の申し込みだったな」

二人の友人関係の始まりを教えてもらって、リーゼロッテは驚く。ギルベルトは今にも飛びかかりそうなほど憎々しげにエドガルを睨みつけているが、兄は大して堪えている様子もない。

ギルベルトがリーゼロッテの視線に気づき、目元を赤くした。

「みっともなくて、すまない……。だが、障害はない方がいいと考えて……」

「馬鹿正直すぎるところも、私は好きだけれどな」

「わ、私は、お兄さま以上にギルベルトさまのことが好きですから」

嫌われたかもしれないと思われたくなくて、リーゼロッテも素直に告げる。ギルベルトが嬉しそうに笑い、リーゼロッテの目元と頰にくちづけた。

エドガルが傍にいなければ、きっともっと深く激しいくちづけを与えてくれただろう。エドガルが表情を改め、す……っ、と立ち上がった。兄の意図に気づき、リーゼロッテも立ち上がる。

兄妹揃って、ギルベルトに最上級の礼をした。

「我が国と民、そして大切な妹を守ってくれて礼を言う。ありがとう、ギルベルト」

改めて正式に礼を言われて、ギルベルトは照れくさげな顔になる。だが嬉しそうに微笑み返すと立ち上がり、エドガルに向き直った。

「頭を上げてくれ、エドガル。友人と、愛する者のためにしたことだ。……そ、それで、だ……」

コホン、と咳払いをしたあと、ギルベルトは真面目な顔でエドガルを見て続けた。

「リーゼロッテ姫に正式に求婚したい。……許可をくれるか、エドガル」

ギルベルトの言葉に、リーゼロッテは喜びを実感し淡い涙を浮かべてしまう。エドガルはそんな妹の顔を見たあと、仕方なさそうに苦笑して頷いた。

「もちろんだ。私の大事な妹は、これからはお前に任せるよ」

終　章

控え室にいても外の賑やかさが伝わってきた。

大聖堂の中は招待された者たちしか今日は入ることができないが、それ以外は別だった。婚儀が終われば元帥夫人のお披露目も兼ねて、屋敷に戻るまでの大通りを屋根なしの馬車でゆっくりと帰ることになっている。

今まで浮いた噂の一つもなかった元帥がどのような女性を妻にしたのかと、帝国の民は興味津々だ。また、王国の民も自国の姫の美しい婚礼姿を見ようと、祝いの言葉と歓声とともにたくさんやって来ている。

帝国と王国の同盟を揺るがすあの事件を払拭するためにと、今回の婚儀についてはアンゼルムとエドガルがそれぞれ気合いを入れて支援している。そのため、リーゼロッテが恐縮してしまうほどの盛大なものとなっていた。

緊張もするが、これで晴れてギルベルトの妻として周囲に認められるという嬉しさも大きい。

これからギルベルトと一緒に大聖堂に向かうことになっている。待っていると控え室の扉がノックされ、ギルベルトが姿を見せた。

ギルベルトは元帥用の正装だ。黒を主体とした服は相変わらず彼によく似合っていて、もうずいぶんと見慣れたはずなのに何度目にしても見惚れてしまう。

婚礼衣装姿を見ると、ギルベルトが言葉を失った。気恥ずかしくなって手にしていたブーケに顔を埋めてしまいそうになるほど、じっと見つめてくる。

「とても綺麗だ……」

「……ありがとうございます。ギルベルトさまも……今日は一段と素敵です……」

ギルベルトが嬉しそうに笑い、リーゼロッテの唇に軽くくちづけてくる。官能的な深いくちづけになりかけたが、ギルベルトが苦笑して、名残惜しげに唇を離して言った。

「好きだ、リーゼロッテ……。あなただけを生涯愛する」

神への宣誓の前に誓ってくれることが嬉しい。そして姫という呼び方が変わったことも嬉しい。

「私もギルベルトさまだけを生涯愛します」

リーゼロッテは喜びの笑みを浮かべながら、言った。

あとがき

本作をお手に取っていただき、どうもありがとうございます！　舞姫美（まいひめみ）です。

今作品は突然進軍してきた同盟国に囚われ、愛人契約を結ぶことになったお話です。TLではザ・定番！　と、ウキウキしながら書かせていただきました。……が、蓋を開けたら、溺愛まみれという謎！　あら？

ギル様（ギルベルトを担当さまがギル様と呼んでくれて、なんだかそれがお気に入りです）が思っていた以上に初（ウブ）すぎて、初だからこそリーゼロッテと心が結ばれたあとはケダモノすぎて、書いている方が照れます。なんだ、元帥閣下、可愛いですな！

とはいえ、王女であるリーゼロッテをなかなかギル様のもとに走らせることができなかったのが、辛いところでした……。その分、想いを交わしたあとのギル様のケダモノ具合は書いてて楽しかったです。

このお話の後は、存分にリーゼロッテを可愛がり、可愛がりまくってもまだ足りず、溢れる欲情を発散するために部下の方々が模擬戦で次々と屍となることでしょう（笑）。

そんな二人を素敵に描いてくださった椎名咲月（しいなさつき）先生、ありがとうございました！

表紙ラフを拝見させていただいたところ、私の大好きな後ろからの抱き締め構図で悶えた上、リーゼロッテのふわふわ髪に悶え、ギル様の元帥閣下に相応しい凛々しさと鋭さに悶え、更にギル様の独占欲をしっかり表してリーゼロッテをぎゅっと抱き締めているところに悶えました！　表紙だけでこんなに悶えてしまい、非常に疲れました！（笑）

本文イラストも今からとても楽しみです。ありがとうございます！

毎度代わり映えのない謝辞となりますが——今作品に関わってくださったすべての方に深くお礼申し上げます。担当さま、今回もＰ数多くてすみません！　素敵なタイトルをつけてくださりありがとうございます。

そして何よりも、お手に取ってくださった方に、最大級の感謝を送ります。お手に取ってくださる方々のおかげで、また作品を出すことができます。ありがとうございます。

まだまだ感染症対策で落ち着かない世の中ですが、少しでも心の癒やしとなってくれたら……と願っています。

またどこかでお会いできることを祈って。

舞　姫美拝

囚われ姫　元帥閣下は人質王女を溺愛する

ティアラ文庫をお買いあげいただき、ありがとうございます。
この作品を読んでのご意見・ご感想をお待ちしております。

✦ ファンレターの宛先 ✦

〒102-0072　東京都千代田区飯田橋3-3-1
プランタン出版　ティアラ文庫編集部気付
舞 姫美先生係／椎名咲月先生係

ティアラ文庫&オパール文庫Webサイト『L'ecrin』
https://www.l-ecrin.jp/

著者――舞 姫美（まい ひめみ）
挿絵――椎名咲月（しいな さつき）
発行――プランタン出版
発売――フランス書院
〒102-0072　東京都千代田区飯田橋3-3-1
電話（営業）03-5226-5744
（編集）03-5226-5742
印刷――誠宏印刷
製本――若林製本工場

ISBN978-4-8296-6918-1 C0193